클로징 멘트를 했다고
끝은 아니니까

클로징 멘트를 했다고 끝은 아니니까

장예원 지음

21세기북스

프롤로그

첫 번째 꿈을 이루었다고
끝은 아니니까

여행을 떠나기 전, 공항 안의 서점에 꼭 들른다. 클릭 한 번이면 세상의 모든 것들이 문 앞까지 배달되지만, 자고로 책은 직접 만져보고 느껴보고 골라야 하는 것. 무엇보다 그날의 기분으로 책을 고르는 게 나만의 철칙이다.

2019년 겨울, 수많은 책 사이에서 유독 눈에 들어오는 제목들이 있었다. 『나를 찾는 여행』, 『느리게 이루는 삶에 관하여』, 『행복이란 무엇인가』.

그리고 『내가 가는 길이 꽃길이다』. 전 KBS 아나운서, 손미나 작가의 책이다. 방송사 아나운서에서 여행 작가와 소설가로 변신하더니, '손미나앤컴퍼니' 대표가 되어 자신만의 길을 만들어나가는 멋진 여성. 안 그래도 한번 만나보고 싶던 선배인데 여간 기회가 생기지 않아 아쉬웠다. 어쩌면 나와 같은 고민을 했을 거라는 일종의 동병상련인지도 모른다. 긴 고민에 대한 해답을 얻을 수 있을까 하는 기대감에 바로 책을 집어들었다.

사실 여행을 떠나기 전날까지도 퇴사를 고민했다. 회사에 계속 다니는 게 낫지 않을까. 자신 있게 박차고 나갔는데 일이 없으면 어떡하지. 아니지, 한 살이라도 어릴 때 도전해야지. 지금 아니면 늦다고! 온갖 생각이 오갔다. 말 그대로 머리가 터지기 직전이어서 잠시 스위치를 눌러 꺼두면 좋겠다고도 생각했다. 하지만 스스로에게 묻고 싶은 한 가지는 분명했다.

지금 행복한가, 그렇지 않다면 행복해지기 위해서 앞으로 무엇을 해야 하는가.

답은 간단했다. 불행한 건 아니지만, 더 행복해지고 싶었다. 그리고 조금 더 멀리 가보고 싶었다. 더 이상 새로운 도전을 주저할 이유가 없었다. 한 번도 만난 적 없는, 책 속의 선배가 던진 한마디도 한몫했다.

“인생은 유한한 여정이기에 현재를 만끽해야 한다는 것, 성공, 명예, 돈보다는 내 안에서 들려오는 소리에 집중해야 행복해질 수 있다는 것, 그리고 다른 사람이 아닌 오롯이 자신의 인생을 살아야 한다는 것입니다.”

– 『내가 가는 길이 꽃길이다』(손미나 지음, 한빛비즈), p.294.

이 한 구절이 내 인생에 이토록 커다란 변화를 가져올 줄은 꿈에도 몰랐다.

나는 지금 아무것도 쓰여 있지 않은 새하얀 페이지를 나만의 색깔로 칠해가고 있다. 화려한 색을 빈틈없이 빼곡하게 채운 날도 있고, 점 하나 찍지 않은 채로 비워둔 날도 있다. 오늘은 어떤 그림을 그려볼까, 이것저것 해보고 싶던 것들을 떠올리면 마음이 설렌다. 아무 약속도 없는 날이면 여유롭게 동네 한 바퀴를 돌아본다. 놀이터에서 뛰어노는 꼬마들의 웃음소리에 저절로 따라 웃게 된다. 당연한 일상이 주는 기쁨이 얼마나 큰지, 이제라도 느낄 수 있어 감사하다.

이 책에는 조금 뒤늦은, 그래서 더 아팠던 나의 성장통을 담았다. 정신없이 보낸 이십 대를 돌이켜보니 온통 일했던 기억뿐이다. 앞으로는 천천히 가더라도 정말 내가 좋아하는 게 무엇인지 고민하며, 나에게 집중하는 시간을 보내려고 한다. 매일매일 소소하게라도 행복했으면 좋겠다.

우연히 읽게 된 책 속의 문장이 내 마음에 큰 파도를 일으킨 것처럼, 부디 이 책도 그대에게 운명 같은 순간을 선물하기를 바란다.

장예원

차례

3장 서른, 다시 꿈꾸기에 딱 좋은 나이

1장

간판 아나운서가 아니라
8년 차 직장인입니다

잠은 잘 잤는지, 오늘 출근길은 어땠는지

아침마다 각자 사는 이야기를 전하며

좋아하는 영화 음악을 나눈다는 게

흔한 일은 아니니까.

당신만 괜찮다면,

우리, 오래 만났으면 좋겠어요.

영화 같은 하루 보내세요.

오늘도 해피엔딩!

물드는 것

보이는 삶에 젖어들기보다,
나를 위해 살아가는 것.
남의 시선에 사로잡히기보다,
있는 그대로의 나를 지켜내는 것.

어느 날, 국장님이 따로 부르셨다. 큰 사고를 치거나 프로그램에서 잘리는 일이 아니고는 좀처럼 호출하는 일이 없으신 분이다. 아무리 머리를 굴려봐도 왜 부르시는지 도통 알 수가 없었다.

"예원아. 이 자리에 오래 있다 보니 노파심이 생긴다. 신입 아나운서로 풋풋하던 친구들이 시간이 지나면서 변하는 게 당연하다고 생각하지만 마음이 쓰이더라. 내가 아끼는 너는 조금 천천히 물들었으면 좋겠구나. 그래도 지금까지 지켜본 너는 쉽게 변하지 않을 것 같아서 다행이다."

평범했던 아나운서 지망생이 방송사 공채에 합격했고, 내 이름 앞에 '아나운서'라는 수식어가 붙었다. 나를 둘러싼 주변 환경이 갑작스럽게 바뀌었고, 때로는 그 변화의 틈바구니에서 순수한 열정이 식어버린 느낌도 들었다.

"당연하죠! 걱정하지 마세요!"

국장님 앞에서 태연한 척 대답했지만, 그 말이 어떤 의미인지 잘 알고 있었다.

아나운서는 연예인과 직장인, 그 경계선에 위태롭게 서 있다. 아침 9시에 출근해서 6시에 퇴근하는 직장인의 삶을 사는 동시에 공인이라는 이름으로 대중 앞에 선다. 대중이 기대하는 모습에 어긋나지 않게 지켜야 할 것들이 있다. 스스로 내 정체성은 직장인에 가깝다고 생각하지만 수시로 올라오는 기사들을 보면 순간순간 마음이 무너지기도 했다.

신입 때는 아침 방송에서 짧은 코너만 1년 남짓 진행했다. 그 당시 유일한 일거리였는데, 그때는 언제쯤 사람들이 많이 보는 시간대에 프로그램을 진행할 수 있을까 조급했다. 방송 개수가 늘지 않으면 계속 아침 방송을 해야 한디기에 마음 졸이기도 하면서. 물론 이제야 돌이켜 보니 그 시간을 보낸 덕분에 김치가 땅에 묻혀 숙성되듯 내실을 다질 수 있었다.

그런데 언젠가부터 '장예원'이라는 이름을 사람들이 기억해주기 시작했다. 얼굴을 알아보는 일도 잦아졌다. 그러면서 방송 스케줄도 제법 늘었고, 밥 먹을 시간조차 없어서 김밥이나 빵으로 때우는 날이 많아졌다.

가장 바쁜 목요일은 숨 돌릴 틈도 없이 하루가 지나갔다. 오전 11시부터 시작된 〈TV 동물농장〉 녹화가 끝나자마자, 옷만 갈아입고 곧장 〈풋볼매거진 골!〉 촬영장으로 향했다. 두 시간가량 찍고 나면 저녁 7시. 다시 〈접속! 무비월드〉 스튜디오에서 촬영과 영화 내레이션 녹음이 이어진다. 이윽고 밤 9시, 라디오국으로 향할 시간이다. 라디오 방송 두 편을 녹음하고, 두 시간짜리 생방송 〈장예원의 오늘 같은 밤〉 진행까지 마쳐야 비로소 퇴근 시간. 이미 자정을 훌쩍 넘겼다.

짧은 기간에 주목받고 아나운서로 이름을 알린다는 건 커다란 행운이다. 대중의 사랑과 관심은 당연한 일이 아니다. 다만 어렸던 나는 갑작스럽게 쏟아지는 관심을 즐길 만한 여유가 없었다. 오히려 움츠러들기 바빴다. 모르는 사람들이 내뱉는 말에 의기소침했고, 반짝 주목받다가 사라질까 봐 두려웠다. 아직 다듬어지지 않은 밑천이 드러날까 카메라 앞에 서는 게 무서웠다. 연예 뉴스에 댓글을 달 수 있던 때에는 기사에 자주 노출될수록 악플이 눈덩이처럼 불어났다.

보지 않으려 해도 기사를 읽다 보면 자연스럽게 댓글 창에 손이 갔다. 악플에 관한 연예계 자성의 목소리가 터져

나온 이후에 포털사이트에서 댓글 창이 사라졌지만, 익명이라는 가면 뒤에 숨어 악플을 다는 파렴치한 일은 커뮤니티든, SNS든 어딘가에서 계속된다. 검증되지 않은 루머와 근거 없는 댓글들로 부정적인 여론이 만들어지기도 하고, 누군가는 상처받고 극단적인 선택을 하기도 한다는 사실을 간과한 채로 말이다.

이미 국장님은 알아차렸다. 많은 글 가운데 '좋아요'를 가장 많이 받은 댓글이 전 국민의 여론처럼 여겨지던 때, 아직 아나운서로서의 또 다른 자아가 성립되지 않은 내 눈동자가 흔들리고 있다는 것을. 내 위치는 어디인지, 어디에 초점을 맞추어야 하는지 헷갈렸다. 시청자가 기대하는 모습과 실제 성격의 괴리감. 사람들에게 보이는 모습에 치중하다 보니 점차 나를 잃어갔다. 방송에 대한 열정은 다른 문제였다. 다른 사람의 눈이 무서워 뭐든지 적당히만 하다 보니, 어느새 무색무취 아나운서가 되어 있었다.

보이는 삶에 젖어들기보다, 나를 위해 살아가는 것.
당장 눈에 띄지 않아도 진짜 행복을 좇으려고 노력하는 것.

남의 시선에 사로잡히기보다, 있는 그대로의 나를 지켜내는 것.

여전히 해결하지 못한 숙제다. 도무지 답이 나오지 않는다. 사람들의 시선, 동경 어린 눈빛, 시기와 질투, 달라지는 대우. 나쁜 게 아니라 어쩌면 당연한 변화다. 어떠한 상황에서도 '나는 나다'라는 마음으로 당당하게 임하려면 오래 걸릴 테지만, 매일 다짐한다.

조금 더디게 스며들기를, 더 천천히 물들기를.

심란한 하루하루를 보내던 찰나, 다시 국장님을 만났다.

"인생은 뭘까요, 국장님."

"글쎄……. 죽을 때까지 모르는 거 아닐까. 혹시 알게 되면 말해 줄게."

"네. 언제든지요. 꼭 알려주세요."

올해 환갑을 맞은 선배도 인생을 모르겠다고 말하는데, 고작 서른을 지난 내가 알 리가 없지. 어쩌면 인생이란 질문에는 대단한 답이 없을지도 모른다. 좋아하는 일을 하고, 사랑하는 사람들과 맛있는 밥을 먹고, 반려견 여름이와 산책을 나서고, 퇴근하고 친구와 맥주 한잔하며 고민을 나누는 것. 그게 전부 아닐까.

내 삶의 구석구석에서 반짝이고 소중한 것을 찾아내어 이만큼이나 누리고 있으니, 그래도 나 꽤 잘 살고 있는 거겠지.

패기, 오기, 무모함

경험이 다양해질수록
무모함이 유연함으로 바뀌어
그때의 시행착오를 덜 겪게 되었다.

아직도 그때의 나를 잘 모르겠다. 초등학교 시절, 나는 선생님이 발표를 시키면 그 자리에 우두커니 서 있는 아이였다. 그러다 왜 아무 대답이 없느냐고 다그치면 말없이 눈물을 뚝뚝 흘렸다. 남 앞에 나를 드러내는 것이 두려워 '내성적'이라는 껍질을 겹겹이 뒤집어썼다.

또 한편으로는 아나운서가 되고 싶다며 동네방네 떠들고 다니는 자신감 넘치는 아이였다. 초등학교 5, 6학년 때부터 장래희망을 쓰는 칸마다 '아나운서'라고 적었다. 무슨 일을 하는지도 잘 모르면서 막연하게 텔레비전에 나오는 사람이 되고 싶었다.

열세 살부터 7년간 하나의 목표만 바라보며 대학교에 입학했다. 한 해 두 해가 지나고 본격적으로 취업 전선에 뛰어들어야 하는 3학년이 되자 아나운서가 되기 위해 얼마나 큰 장벽을 넘어야 하는지 실감 나기 시작했다.

인터넷으로 준비 과정을 찾아보니 대부분 학원에 먼저 등록했다. 이름난 학원에 등록하려면 한 과정당 백여만 원의 큰돈이 필요했다. 대학생이 되면서부터 부모님에게 경제적인 도움을 받지 않았다. 아르바이트하면서 생활비를 벌고, 적더라도 장학금을 받아서 등록금을 해결했다. 그런 나에게 백여만 원이라는 큰돈은 어림도 없었다.

"죽이 되든 밥이 되든 해보자!"

고민 끝에 오기가 나기 시작했다. 일단 저지르고 보자는 패기만만한 기질까지 발동했다. '안 해서 후회할 바에 해보고 후회하자!'는 마음이었다. 무작정 가장 유명한 학원을 찾아갔다. 다짜고짜 만난 원장님 앞에서도 당당했다.

"저는 학교에서 홍보 모델을 하고 있어요. 여기에서 홍보 모델 출신 선배가 합격했으니 저도 장학생으로 받아주세요."

무슨 배짱이었을까. 지금 생각해도 어느 누가 이런 밑도 끝도 없는 이야기를 들어줄까 싶다. 기획사에서는 가능성을 보고 연습생을 키우고 가수로 데뷔시킨다고 하지만 아나운서는 그런 사례도, 과정도 없다. 난 오랫동안 이 꿈을 꾸어왔고, 반드시 합격할 자신 있다고 원장님 앞에서 어필했다. 스물세 살의 나는 패기 넘쳤고 무모했다.

하지만 원장님은 단호했다.

"수업료는 할인해줄 수 있어요. 그렇지만 무료 수강은 안 돼요."

"제가 합격하면 이 학원도 입소문이 퍼질 테니 좋잖아요! 저한테 투자해주세요."

긴 시간 조곤조곤 이야기해봤지만, 학원의 장점과 수강 과목의 가격만 듣고 그 길로 학원을 돌아 나왔다. 뒤늦게 밀려온 창피함 때문이었을까? 아니면 그 돈을 어디서 마련하는가 하는 막막함 때문이었을까? 신촌 한복판에 우두커니 서서 왈칵 눈물을 쏟았다. 참아왔던 눈물을 다 쏟아내고 결심했다. 학원에 다니지 않고 혼자 준비하겠다고. 기필코 합격해서 이 순간을 떠올리며 웃겠다고.

망망대해에 혼자 버려진 기분에서 벗어나기 위해 학교에 도움을 청했다. 자기소개서와 커피 한 잔을 들고 교수님에게 찾아가 수십 번 첨삭을 부탁했고, 뉴스에 나오는 이메일 주소를 보고 같은 학교 출신 아나운서 선배에게 메일을 보내 도움을 요청하기도 했다. 그로부터 3개월 뒤, SBS에 지원했고 대학교 재학 중에 최종 합격했다. 귀찮아하지 않고 잘 들어준 고마운 분들 덕분에 이런 글도 쓸 수 있게 되었다.

지금 생각해보면 패기가 아니라 객기였다. 어린 친구가

무턱대고 찾아가 학원 장학생으로 받아달라는 자신감이 어디서 나왔는지, 내가 학원 원장이라고 해도 선뜻 받아들이기 어려운 제안이다. 어쩌면 그때 거절당하고 상처받은 덕분에 혼자서 분주하게 살길을 찾아 빨리 합격했는지도 모른다. 아나운서가 되고 싶다는 열정은 이십 대를 움직이는 원동력이었다. 그리고 그때 배운 것들을 토대로 삼십 대인 지금, 내 인생을 내 방식대로 가다듬어 가고 있다. 경험이 다양해질수록 무모함이 유연함으로 바뀌어 그때의 시행착오를 덜 겪게 되었다.

'앞뒤를 잘 헤아려 깊이 생각하는 신중성이나 꾀가 없다' 무모함의 사전 뜻풀이다. 나를 움직이게 한 건 '일단 부딪히고 보자, 아니면 말고' 하는 무모함이었고 지금도 마찬가지다. 물론 돌다리도 두들겨 보고 건너는 신중함으로 차근차근 목표에 도달하는 사람도 있다. 각자의 성격이기에 어느 것이 옳다고 말할 수 없다. 다만 어느 경우라도 스스로를 향한 자신감이 중요하다. 학원에 다니고, 다니지 않고는 합격의 당락을 좌우하지 않는다. 그렇지만 결국 합격할 수밖에 없다는 믿음이 반드시 필요하다는 건 확실하다.

이십 대의 내가 돌다리도 두들겨 보고 건너는 조심스러운 성격이었다면 발전하지 못했을 거다.

"그렇게 노래 부르더니 결국 해냈구나!"

아나운서 합격 소식을 들은 주변 사람들은 이렇게 반응했다. 그때마다 슬며시 어린 시절이 떠오르곤 한다. 일어나서 발표하라고 하면 입도 뻥긋 못하고 가만히 서 있던 아이가 매일같이 그 일을 업으로 삼고 있다니, 아나운서로 산 지 7년이 지난 지금도 여전히 아이러니하다. 아마도 내 마음은 참 힘이 센 모양이다.

있잖아.

맘만 먹으면 다 해낼 수 있어!

넌 그런 존재야!

마음 한구석이 불안하고

걱정이 밀려올 때마다 부르던

나만의 주문을 담은 노래!

괜찮아 잘될 거야,

너에겐 눈부신 미래가 있어.

괜찮아 잘될 거야,

우린 널 믿어 의심치 않아.

생각보다

효과 완전 좋음!

여기는

씨네타운입니다

스스로 확신이 없을 때
누군가의 한마디로 해낼 수 있다는
자신감이 샘솟는 마법.

"예원아, 입사한 지 얼마나 되었지?"

"8년 차요."

"회사 생활은 재밌니?"

"좀 지루했는데요. 이제 재밌어질 것 같아요!"

너무 솔직했나. 그치만 사실이었다. 반복되는 하루, 몇 년째 같은 프로그램, 조용할 때쯤 가끔씩 터지는 상사와의 충돌……. 물론 큰 파도 없이 하루하루를 보낸다는 건 감사한 일이었지만 그만큼 새로울 것도 없었다. 여느 직장인과 같은 일상을 보내며 새해에는 뭔가 새로운 일을 해보자고 다짐하던 찰나, 라디오 방송 진행을 해보라는 제의가 들어왔다.

〈씨네타운〉이라니. 딱 3년 만이었다. 심야 라디오를 그만두면서 훗날 다시 라디오 디제이로 설 기회가 온다면 꼭 한번 해보고 싶던 방송이었다.

그런데 어쩐 일인지 선뜻 나서지 못했다. 라디오 방송 디제이를 그만둔 지 꽤 오랜 시간이 지나 자신이 없었고, 오전 11시는 청취율이 높아 광고가 잘 팔리는 황금 시간대로 불리기 때문에 부담스러운 것도 사실이었다. 더군다나 영화 전문 방송이라니. 매주 배우를 초대하는 인터뷰 코너가 있는데 그들을 잘 이끌어 나갈 수 있을지 두려움도 밀려왔다.

결국 디제이 자리를 제안받고 하루가 채 지나기도 전에 라디오 담당 선배를 찾아가 못하겠다고 했다. 모두가 의아해했다. 아나운서보다는 주로 배우가 맡아서 진행하는 방송이기 때문에 쉽게 찾아오는 기회도 아니었다. 그만큼 포기가 아쉽기도 했지만, 나의 깜냥을 잘 알고 있었다. 그토록 하고 싶었던 방송을 눈앞에 두고 고민하는 꼴이라니. 스스로 이렇게 자신감이 부족한 사람이었나 실망스럽기도 했다.

며칠이 지나고, 다시 걸려온 선배의 전화.

"일단 한번 해봐. 넌 금방 적응할 거야."

어쩌면, 이 말을 기다렸는지도 모르겠다. 으레 하는 뻔한 소리일지라도 그런 형식적인 응원이 절실하게 필요했다. 스스로 확신이 없을 때 누군가의 한마디로 해낼 수 있다는 자신감이 샘솟는 마법.

그 순간, 한번 부딪혀보자는 용기가 생겼고, 나만의 색깔로 멋지게 채워갈 수 있을 것 같은 자신감이 차오르기 시작했다. 그렇게 매일 오전 11시, 라디오 스튜디오를 지키게 되었다.

"여기는 씨네타운입니다."

서로 다른 공간에서 누군가의 이야기를 들으며

그 사람의 인생에 녹아든다는 것.

흘러나오는 노래를 들으며 각자의 사연을 떠올리게 되는 것.

생판 모르는 남인데 가족 같은 동질감을 느끼게 되는 것.

무엇보다,

같은 시간을 공유한다는 것.

라디오란 그런 것.

너를 만나 다행이야

오로지 동물을 사랑하는 마음으로
함께하는 사람들. 그들이
동물권에 대한 문제들을 제기하면서
제도가 바뀌고, 조금씩 사람들의
인식도 달라지고 있다.

"제가 강아지 상이라서 〈TV 동물농장〉에 잘 어울릴 것 같습니다."

아나운서 입사 면접의 단골 질문. 3차 면접 때였나, 어떤 방송을 진행하고 싶으냐는 질문에 딱딱한 분위기를 좀 바꿔보겠다고 이렇게 대답했다. 무표정이던 심사위원들은 나의 엉뚱한 대답에 웃어주었고, 합격 후 납득이 되면서도 납득이 되지 않는 그 이유로 〈TV 동물농장〉에 합류했다. 그게 벌써 6년 전 일이다.

하루에도 수많은 콘텐츠가 만들어지고 사라지는 요즘. 20년 동안 꾸준히 시청자의 사랑을 받는 프로그램이라니. 더군다나 유치원 다니는 꼬마부터 할머니 할아버지까지 전 세대를 아우른다는 점에서는 독보적이다.

처음에는 생각보다 쉽지 않았다. 이미 완성된 영상에 짧게 코멘트만 하면 돼서 방송인들 사이에서는 우스갯소리로 '거저먹는 방송'으로 통하지만 나는 반려동물을 한 번도 키워본 적이 없었다. 강아지가 왜 한자리에서 빙글빙글 도는지, 고양이는 언제 꾹꾹이를 하는지, 새가 아파트 베란다에 날아와 둥지를 트는 이유가 무엇인지 기본적인 지식도 없어서 온갖 동물 관련 서적을 파헤치기 시작했다. 그렇게 한 해 두 해 지나며 조금씩 지식이 아닌 마음으로 동물들의 행동을 헤아리게 되었다. 그리고 그 무렵 세상에 나쁜 동물은 없다거나 때로는 동물이 사람보다 낫다는 말에도 저절로 맞장구치게 되었다.

물론 이렇게 마음이 움직이는 데에 가장 큰 역할을 한 건 우리 '여름이'다. 지금까지 키워본 동물이라고는 어항 속 물고기가 전부였는데, 〈TV 동물농장〉을 함께하면서 작고 귀여운 생명체와 가족이 되었다.

그 친구가 우리 가족에게 가져온 변화는 어마어마하다. 퇴근 후에는 각자 방으로 쏙 들어가 버리던 자매가 거실에서 시간을 보내고, 딱 필요한 이야기만 오가던 가족 채팅방은 여름이 사진으로 대화가 끊이지 않는다. 외출했다 돌아오면 신나게 꼬리치는 것도 모자라 뽀뽀를 퍼부으며 다시 나가지 말라고 양말도 척척 벗겨준다. 무엇보다 갱년기를 겪는 엄마에게, 20년이 넘는 군 생활을 마치고 마음이 공허한 아빠에게 큰 위로가 되어주었다.

여름이와 가족이 된 이후에는 방송할 때에도 표현력이

더 풍부해졌다. 이전에는 느껴보지 못했던 새로운 감정을 알게 되었고, 방송에 소개되는 모든 강아지가 여름이 친구 같아서 작은 사연에도 마음이 움직였다.

그러다 보니 키우던 동물을 유기하는 문제나 강아지 번식 공장 문제를 고발하는 가슴 아픈 이야기가 나오면 보기 힘들었다. 시청자들도 일주일에 한 번, 사랑스러운 동물을 보며 마냥 웃고 싶어 하다 보니 고발 형식의 영상은 시청률이 떨어질 수밖에 없다. 그럼에도 제작진이 끊임없이 문제를 제기하는 이유는 단 하나, 사회와 사람들의 인식을 바꾸고 싶어서다.

하루에도 수십 통의 전화가 걸려와 작가들은 수화기를 내려놓을 새가 없고, 피디들은 눈이 오나 비가 오나 전국 각지로 촬영을 떠나느라 사무실에 궁둥이 한번 붙일 여유가 없다. 배를 타고 섬에 들어가는 건 예삿일이고, 밤새 텐트를 치고도 기다리던 동물이 나타나지 않으면 허탕치기 일쑤다. 그렇게 돌아와서는 다른 제보거리를 살펴본다. 연출이 안 되는 영역이기에 놓치는 시간, 버리는 촬영분이 너무 많아 안타깝지만, 누구 하나 투덜대지 않는다.

오로지 동물을 사랑하는 마음으로 함께하는 사람들. 그들이 동물권에 대한 문제들을 제기하면서 제도가 바뀌고, 조금씩 사람들의 인식도 달라지고 있다. 내가 도울 수 있는 거라고는 스튜디오에서 온 마음을 다해 전달하는 일뿐. 그들과 함께 사람과 동물이 더불어 사는 사회에 일조할 방법을 찾아봐야겠다.

올해로 1,000회를 맞는 〈TV 동물농장〉. 그 길을 함께 걸어갈 수 있어 행복하다.

요즘 나의 행복은

라디오를 마치고 마시는

아이스 라떼 한 잔.

그게 뭐 대수냐, 할 수 있지만

자랑할 만한 취미도 없고

무언가에 푹 빠지는 성격도 아니라

소소한 이 행복이 오래갔으면 좋겠다.

나는 아보카도 같은 사람

관계가 틀어진 건 네 잘못이 아니라고.
단지 무례한 어른들을 만났을 뿐이라고.

“선배, 저 밥 좀 사주세요.”

유난히 바람이 차갑던 날, 후배에게 문자가 왔다. 도통 본인 이야기를 하거나 속마음을 드러내지 않는 편이라 선배들도 저 녀석이 무슨 생각을 하는지 모르겠다고 하는 친구다. 각자 일하는 층도, 하는 업무도 다르지만 그래도 1년에 두세 번 정도는 함께 밥을 먹는, 썩 가깝지도 그렇다고 멀지도 않은 사이.

그런데 갑자기 나에게 먼저 연락해 약속을 잡는 걸 보니 하고 싶은 이야기가 있나 보다. 회사에서 마음을 터놓는 사람이 없을 테니 나에게 연락했겠지. 혼자 해결하지 못한 문제가 있는 것 같아 다음 날 바로 만나기로 했다.

막상 만나니 이야기도 못 꺼내고 눈치만 본다. 어쩔 수 없지. 성격 급한 내가 먼저 물었다.

“직장 생활 힘들지?”

후배의 큰 눈이 더 동그래진다.

“그걸 어떻게 알았어요? 저 적응 못하는 거 소문났어요?”

회사 생활 안 힘든 사람이 어디 있느냐고, 그건 오늘 들어온 신입이나 20년 다닌 선배나 똑같다고 했더니 그제야 안도한다. 나름 8년째 방송국에서 눈칫밥을 먹으며 잔뼈가 굵어서인지 이제는 후배들의 표정만 봐도 고민거리가 보인다.

그 무렵 후배는 근거 없는 소문들이 꼬리에 꼬리를 물어 마음고생을 하고 있었다. 주위 사람들에게 아무리 아니라고 해명해도 소문은 몸집을 불리며 일파만파로 퍼져나가 어떻게 대처할지 모르겠단다. 앞에서는 이해하고 들어주는 척하다가 뒤에서는 다른 이야기하는 사람들 때문에 받은 상처.

나의 첫 사회생활 역시 녹록지 않았다. 어린 나이에 처음 일을 시작하면서 뭐가 뭔지 잘 모를 때, 일은 정말 재미있는데 인간관계는 너무 어려웠다. 처음에는 학창 시절처럼 지내면 되는 줄 알았다. 같은 배를 탄 동료, 끈끈하게 뭉친 선후배와 우정을 쌓는다고 생각했다. 기수라는 숫자로 뭉친 가족 같은 사이. 그만큼 어려울 때 서로 기댈 수 있을 거라고도 기대했다.

하지만 어떤 선배는 나를 둘러싼 뉴스가 터졌을 때 가장 먼저 카메라를 들이밀었다. 또 다른 선배는 새로 기획하는 프로그램을 꼭 같이 하고 싶다고 간식거리를 들고 찾아오더니, 촬영을 고작 일주일 앞두고는 진행자가 바뀌었다며 문자로 통보했다. 사람 사이에 지켜야 하는 기본적인 예의조차 모르는 사람들을 여러 번 만나면서 변해가는 내가 안쓰러웠다.

이제 나는 아보카도 같은 사람이 되었다. 언제나 생글생글 잘 웃고 활발한 성격 덕분에 '인싸'처럼 보이지만 정작 MBTI 검사에서는 '아싸'라고 나오는 겉과 속이 다른 사람. 사람에게 상처를 받으면서 나는 서서히 마음의 문을 닫았다.

처음 보는 사람에게도 속마음을 쉽게 터놓을 정도로 솔직하던 나였지만, 어느덧 겉으로만 친한 척하는 일이 익숙해졌다. 나도 모르는 사이 아주 견고한 마음의 벽을 세웠다. 아무도 이 벽을 뚫고 들어올 수 없을 정도로 아주 단단하게.

'친구 사이에 하고 싶은 말은 하지 않는 게 낫고, 비즈니스 사이에 하고 싶은 말은 하는 게 낫다'는 말이 있다. 예전에는 이 말의 의미를 이해하지 못했다. 하지만 지금은 어느 상황이든 하고 싶은 말은 아무도 듣지 못하도록 입 속으로만 되뇔 정도로 소심해졌다.

“이제 억지로라도 회사 사람들이랑 밥을 먹어야겠어요.”

일하면서 스스로를 보호하기 위해 벽을 세웠던 나와 다르게 이 친구는 처음부터 자신만의 울타리가 있었다. 혼자 있는 걸 좋아하고, 누구에게든 좀처럼 속내를 드러내지 않았다. 마음 맞는 한두 사람만 곁에 두면 될 줄 알았지만, 현실은 그렇지 않았겠지. 게다가 각자의 비밀을 하나씩 꺼내놓아야만 그 관계가 더 깊어진다니. 그런 관계 맺음은 내게도 버거웠다. 하지만 별수 없었다. 동료와 더 많은 시간을 보내고 때로는 서로의 고민까지 털어놓으면서 우리가 동지임을 확인해야만 이 배에서 낙오되지 않을 테니까.

밥을 먹는 내내 한숨을 내뱉는 후배에게 힘내라는 그저 그런 응원은 하지 않았다. 그보다는 지금까지 이십여 년간 지켜온 너를 바꾸지 말라고, 오히려 너답게 밀고 나가라고 응원해주었다.

유난히 소란스러웠던 나의 이십 대. 모든 문제의 화살을 내 탓으로 돌렸던 그때의 내게 다시 말해주고 싶다. 관계가 틀어진 건 네 잘못이 아니라고. 단지 무례한 어른들을 만났을 뿐이라고. 세상에 처음 발을 내딛으며 누구나 겪는 성장통이니 너무 아파하지는 말라고. 그렇게 말하며 꼬옥 안아주고 싶다.

가끔 핸드폰 속

연락처 목록을 정리한다.

더 이상 안부가 궁금하지 않은 사람,

굳이 저장하고 싶지 않았던 애매한 사이.

어쩔 수 없이 이어가던 관계.

나의 마음에도

쉴 공간을 내어주기 위해,

나의 마음에 들어올

다른 누군가를 기다리며,

오늘도 연락처 목록을 열어본다.

우리는 모두 연약한 사람이었다

힘들 때 힘들다고 말하는 것.
마음이 아프다고 솔직히 말하는 데도
이렇게 크나큰 용기가 필요하다니……

5년간 스포츠 뉴스를 진행하면서 수많은 스포츠 스타를 만났지만 그중에 가장 기억에 남는 선수를 꼽으라면 단연 스피드 스케이팅의 이상화 선수다. 한국 여자 스피드 스케이팅 사상 최초 금메달리스트이자, 2013년 여자 스피드 스케이팅 500미터 경기에서 세계 신기록을 보유한 우리의 빙속 여제. 2018년 평창 동계 올림픽 대회를 한 달여 앞두고 인터뷰 요청을 하다 보니, 혹시 컨디션에 무리가 갈까 봐 마음이 쓰였는데 선뜻 태릉 선수촌으로 초대해주었다.

당시 이상화 선수는 무릎 부상에 시달리다가 슬럼프를 극복하고 다시 36초대에 진입하며, 차근차근 전성기 기량을 회복하고 있었다. 그 긴 시간을 어떻게 보냈는지 조심스레 물었더니 전혀 예상치 못한 대답이 돌아왔다. 지금까지 인터뷰하던 스타일대로 '뭐 금방 회복하던데요. 전 세계 최고니까요. 이런 것쯤은 문제없죠' 하고 환하게 웃는 모습을 기대했지만, 그날 이상화 선수는 뜻밖에도 한숨을 푹 쉬며 너무 힘들었다고, 자기도 혼자 많이 운다며 솔직한 속내를 털어놓았다.

늘 당차던 모습과 달리 담담하게 속마음을 이야기하는

걸 보며, 세계 최고 자리를 지키기 위해 얼마나 외로운 시간을 혼자 견뎌왔을지 짠한 마음이 들었다. 본인의 여린 속마음을 숨기기 위해 오히려 강한 척하는 게 몸에 배었던 걸까. 순간 인터뷰를 하는 도중에 나도 모르게 눈물이 터져버렸다. 그날 이후 이상화 선수와 부쩍 가까워져 언니의 결혼식 날, 부케를 받는 사이가 되었다.

지금도 그때를 떠올리면 부끄럽다. 처음 보는 선수 앞에서 왜 그렇게 눈물을 쏟은 건지……. 어쩐지 거울 속 내 모습을 보는 것 같았다. 어떠한 상황에서도 강한 척, 괜찮은 척하는 모습이.

지난 7년간 내가 어떤 마음으로 방송했는지 잘 기억나지 않는다. 내 색깔을 내기보다는 주어진 대본과 새로운 환경에 적응하기 바빴으니 당연한 걸지도 모른다. 다만 안타까운 건 프로그램마다 원하는 모습이 달랐고, 본래 성격이 방송에서 표현되지 못하는데도 따라오는 악플이었다. '아나운서답지 않다', '아나운서가 저런 것도 하냐', '요즘 아나운서는 아나운서도 아니다'라는 잣대질이 끊임없이 따라다녔다.

그 악플을 토대로 잘못된 기사도 끊이지 않았다. 처음에는 사실과 다른 기사에 나서서 해명하겠다고 씩씩거리기도 했다. 그러다 돌아서면, 이게 다 무슨 소용인가 싶어서 이내 화를 가라앉혔다. 나의 한마디가 또 다른 기사를 만들어내고, 안 좋은 선입견을 갖고 있는 사람들은 이러나저러나 같은 시선으로 바라보기 때문이다.

그때마다 속사정을 잘 아는 사람들에게서 전화가 걸려온다.

"오, 너 인기 많나 봐. 이런 기사도 나오고."

"야, 집에만 있어. 어디 돌아다니지 말고."

시시한 농담을 건네며 내 기분을 살피고 보듬어주었다. 오히려 아무렇지 않게 놀리는 친구들 앞에서 화도 냈다가, 눈물도 펑펑 쏟았다가, 가장 나다운 모습을 보여주니 한결 편안했다. 이럴 땐 진지하지 않은 친구들이 제일 고맙다. 감추는 것만이 능사가 아니라는 걸 가장 가까운 사람들에게 밑바닥을 보이고 나서야 알게 되었다.

온라인상에서 무차별적으로 던져지는 돌멩이를 온몸으로 맞아내며 '공인이라면 이 정도는 견뎌내야 한다'는 마음으로 끊임없이 나를 다독였다. '난 아무렇지 않아. 모르는 사람이 떠드는 건데 뭐……' 스스로 주문을 걸며 괜찮은 척했지만, 전혀 아니었다. 나도 모르는 사이, 우울이란 감정이 내 마음을 갉아먹고 있었다.

힘들 때 힘들다고 말하는 것. 마음이 아프다고 솔직히 말하는 데도 이렇게 크나큰 용기가 필요하다니……. 인생의 절반 이상을 빙판에 외롭게 서 있던 그녀가 이제는 누군가에게 기대는 방법을 배우고 싶다고 하는 것처럼, 이제는 나도 괜찮은 척을 그만두기로 했다. 튼튼한 줄 알았지만 생각보다 나는, 또 우리는 연약한 사람이었다.

내가 아끼는 사람들에게만 잘하면 될 일.

사랑하는 사람들과 시간을 보내기도 모자란데,

이유 없이 나를 미워하는 사람들까지 끌어안을 여유가 어디 있어.

있는 그대로 보여줘도 괜찮아.

사랑받을 수밖에 없는 소중한 존재니까.

자기 관리도 실력이야

매일 좋은 컨디션을 유지하는 것도
방송 준비의 일부다.

"너의 잘못이야. 시청자는 네가 아픈 걸 이해해주지 않아."

열이 펄펄 끓었다. 제대로 서 있지도 못할 정도로 휘청거렸다. 생방송을 십여 분 앞두고 대신해줄 사람도 없었다. 잠깐이니까 버틸 수 있다고 고집을 부려 기어이 카메라 앞에 섰다. 제정신이 아니었다. 내가 무슨 말을 하는 거지. 말 한 마디 한 마디가 허공으로 날아갔다. 방송쟁이들이 하는 말로 방송 하나를 무사히 막아내고, 끝나자마자 응급실로 실려 갔다.

급체한 상태에서 열 감기, 거기에 장염까지 겹쳐 일주일 넘도록 고생했다. 나는 연말마다 병치레를 크게 한다. 그간 쉬지 않고 달려온 탓에 12월만 되면 유독 크게 아파서 더 조심했지만, 이번에도 지고 말았다.

요양 휴가를 마치고 돌아온 날, 선배들의 걱정이 이어졌다.

"그렇게 일이 많으니 아플 수밖에 없지. 괜찮아? 더 쉬지 그랬어."

"그래도 생방송까지 마치고 대견하다. 고생했다."

선배들의 칭찬에 내가 했던 대처를 스스로 기특해하던 찰나, 한 선배가 나를 불렀다.

"고생했다. 그런데 다음부터는 몸 잘 챙겨라. 자기 관리도 실력이야."

자기 관리도 실력이라니. 한 대 얻어맞은 기분이었다. 걱정만 해주면 안 되나. 서운한 마음에 한동안 인사를 대충하는, 아주아주 소심하고 유치한 반항을 하기도 했다. 모두가 위로의 말을 건넸지만, 그 가운데 유일하게 가시 돋친 말을 내뱉은 선배.

시간이 지나 곰곰이 생각해보니 그 선배의 말이 맞았다. 아나운서로 시청자 앞에 선다면 방송을 매끄럽게 진행하는 것 이상의 준비가 필요하다. 매일 좋은 컨디션을 유지하는 것도 방송 준비의 일부다. 평소에 꾸준히 잘하다가 가장 중요한 순간 컨디션이 좋지 않다고 해서 이러쿵저러쿵 변명을 늘어놓을 수 없지 않은가. '제가 몸이 좋지 않아서 제대로 된 방송을 하기 어려울 것 같습니다'는 시청자든 동료든, 어쩌면 나 자신에게조차 마땅한 핑계가 되지 않는다.

선배의 가르침을 마음속 깊이 이해하게 되었지만, 그것과는 별개로 심술이 쉽게 가시지는 않았다. 그 선배는 언제 한번 콜록거리나 쭉 지켜봤는데 아프지도 않더라. 얄밉게도 멋진 선배다.

새겨둬야지. 자기 관리도 실력이다.

몸을 바삐 움직이는 것에 익숙해졌다.

일할 줄만 알지

제대로 놀 줄 모르는 사람이

되어버렸다.

누군가 말해줬다면 좋았을 텐데.

힘차게 달리기 위해선

숨 고르기가 중요하다고.

꼭 쉬어 가야
다시 달릴 수 있다고.

멈춰야 할 때를
알아차리는 게
얼마나 중요한 일인지
이제야 알았다.

짧은 대답에 담긴 진심

한마디도 못 들으면 어떤가.
눈인사를 건네고 응원하는 마음을
전할 수 있다면, 그걸로 충분했다.

2018년 평창 동계 올림픽 대회에 스포츠 담당 기자 겸 앵커로 파견되었다. 평창에서 한 달 동안 생활하며 뉴스 아이템을 고민하고 취재해 저녁 뉴스에 내보내는 것이 나에게 주어진 임무다. 스포츠 뉴스를 진행한 지 4년이 넘었지만, 현장 기자로 투입되는 건 처음이었다. 늘 스튜디오에만 있는 게 답답했는데 선수들을 만날 생각을 하니 마냥 신났다. 앞으로 닥칠 일을 예견하지 못한 채…….

올림픽 기간 중 내가 해결해야 할 가장 중요한 아이템은 북한 선수단을 취재하는 일. 만나기도 어렵지만, 그들의 목소리를 담는 건 하늘의 별 따기라 성공하지 못해도 이해한다는 반응이었다. 잘 알려진 선수가 아니어도 좋으니 북한 선수 누구라도 카메라에 담아오라는 기자 데스크의 특명이 내려졌다.

스포츠 기자로서 첫 아이템인 만큼 잘 해내고 싶었다. 북한 선수 중에서도 여자 아이스하키 남북 단일팀을 반드시 만나고 싶었다. 1991년 세계 탁구 선수권 대회와 세계 청소년 축구 대회에 이어 27년 만에 출범한 세 번째 남북 단일팀. 올림픽과 아시안게임처럼 국제 종합 대회에서 남

북한이 단일팀을 구성한 것은 최초라 더욱 구미가 당겼다.

일단 무작정 강릉 선수촌으로 향했다. 여러 번의 신분 검사를 거쳐야만 들어갈 수 있는 곳. 선수들의 컨디션 보호를 위해 인터뷰하는 구역도 제한되어 있다. 숙소 정문을 지나 경기장으로 가는 버스를 타러 나가는 길목이 우리 취재진에게 허락된 유일한 공간이었다. 운이 좋으면 버스 타러 나가는 북한 선수들을 만날 수도 있는 상황. 내게는 수많은 취재진 사이에서 마이크를 들이미는 일도 처음이라 긴장을 늦출 수 없었다.

세 시간 정도 지났을까, 갑자기 카메라 감독 선배가 뛰기 시작했다. 계속 밖에 서 있다가 추위를 녹일 겸 잠깐 커피를 사러 간 찰나에 여자 아이스하키 남북 단일팀의 북한 선수들이 나온 거다. 혹여 뒤처질세라 재빨리 들고 있던 커피를 내려놓고 마이크를 잡았다.

"여기 숙소는 지낼 만해요?"

"불편한 점은 없어요?"

"밥은 입에 잘 맞나요?"

"지금 몸 상태는 어때요?"

걸어가는 선수들을 붙잡고 이야기할 수 없어서 빠른 발걸음으로 쫓아가며 준비했던 질문을 쏟아내었다. 그런데 질문마다 똑같은 대답만 돌아왔다. "일 없습네다."

"제발 조금 더 길게 이야기해주시면 안 될까요?"

애처로운 눈빛으로 건넨 질문에도 답은 한결같았다.

"일 없습네다."

추위에 벌벌 떨며 기다렸는데, 고작 들은 대답이 '일 없습네다' 한마디라니. 기자 선배들이 어떤 대답이든 꼭 듣고 오라고 신신당부했는데 이제 어쩐담. 뉴스 아이템으로 나갈 수나 있을지 걱정이 앞섰다. 기자 선배들은 매일 이렇게 현장에서 부딪힌다고 생각하니 이제껏 나는 너무 편하게만 일한 것 같아 반성했다.

아무래도 오늘 밥값을 하지 못한 것 같아 풀이 죽어 미디어센터로 돌아왔는데, 선배들의 칭찬이 쏟아졌다.

"너 배짱 좋더라? 녹화 파일에서 끝까지 선수들 놓치지 않고 쫓아가는 거 봤어."

"취재진들 사이에서 깔리는 줄 알고 걱정했다."

"너 이참에 기자로 전향해라."

"선배, 질문마다 일 없다고 하더라고요. 인터뷰하기 싫다는 거죠?"

"아, 몰랐어? 그거 괜찮다는 뜻이야. 내가 취재 갔을 때는 그런 대답도 못 들었어."

착각이었다. '당신과 말하기 싫으니 저리 가세요' 하는 줄 알고 마음의 상처를 단단히 받았는데 그럴 필요가 없었다. 보통 북한에서 '일 없습네다'는 표현은 걱정이나 염려할 필요가 없음을 나타내는 말이다. 우리의 '괜찮습니다' 정도로 이해하면 된다. 워낙 표정 없이 말해서 기분이 나쁜 줄 알았는데 아니었다. 그만하면 제대로 된 대답이었다. 10년 차 선배도 북한 선수의 목소리 한번 못 들어봤는데 그 정도면 잘했다는 칭찬에 겨우 한시름 놓았다.

북한 선수들이 경계가 심하다고 들었던 터라 인터뷰가 어려울 걸 알면서도 '밑져야 본전'이라는 마음으로 부딪혔다. 누구나 할 수 있는 역할이라면 나를 현장에 보내지도 않았겠지. 마음을 비우고 할 수 있는 데까지 최선을 다하려고 마이크를 들고 뛰었다. 한마디도 못 들으면 어떤가. 눈인사를 건네고 응원하는 마음을 전할 수 있다면, 그걸로 충분했다.

다행히 우리의 진심이 통했는지, 올림픽에 참가한 북한 선수들의 태도는 확연히 달라졌다. 과거에는 우리나라 취재진의 카메라라면 피하기 바쁘고, 한마디만 해달라는 기자들의 요청에도 쌩하니 지나갔다고 한다. 하지만 평창 올림픽에서는 취재진의 질문마다 솔직한 감정을 표현해주었다. '고생했어요' 하고 응원을 전하면 환한 웃음으로 대답했고, 수많은 사람의 셀카 요청도 거절하지 않았다. 인터뷰이가 아니라 내가 응원하는 선수라고 생각하며 다가가려고 노력했더니 기대하지 않았던 결과가 따라왔다. 낯설지만 어딘가 동질감이 느껴지는 이곳에서 뛰는 경기. 북한 선수들의 마음도 우리만큼이나 벅차지 않았을까.

"드디어 남북한 선수단이 공동 입장하고 있습니다!"

한국 봅슬레이 간판 원윤종 선수와 여자 아이스하키 남북 단일팀의 북한 수비수 황충금 선수가 함께 하늘색의 한반도기를 들고 입장하던 순간, 현장에 울려 퍼지던 장내 아나운서의 외침을 잊을 수가 없다. 나에게도, 북한 선수들에게도 처음이었을 모든 순간들. 그 3주 동안의 신선한 감정들을 오래 기억하고 싶다.

예의상 해야지.

이 말은,

너무 하기 싫지만

어쩔 수 없이

억지로 노력한다는 의미.

예. 의. 상.

잘하려고 애쓰지 마요.

예. 의. 상.

모두에게 좋은 사람이 되려고 하지 마요.

남들의 마음만 소중한가요?

다른 사람은 신경 쓰면서

왜 당신의 마음은 돌보지 않나요?

예원의
소소한 기록

"고생 많았죠. 메달 딴 거 축하해요."
"에이…… 은메달인데요. 축하해주신다고요?"

갑자기 멍해졌다. 실수한 건가. '할 수 있다'를 외치며 국민에게 큰 기쁨을 안겨주었던 펜싱의 박상영 선수. 그간의 고생에 박수를 보내는 인사였다. 나의 축하 인사에 눈이 휘둥그레지더니 '금메달이 아니라 저는 축하받을 자격도 없어요!' 이런 표정이었다. 가까이서 선수들을 지켜봤으니 국가 대표에 뽑히는 것도, 전 세계 선수들과 겨뤄 메달을 따내는 것도 얼마나 힘든 일인지 잘 알고 있다. 그렇게 자랑스러운 일을 해내고도 여전히 마음의 짐을 내려놓지 못하고 있다니…….

나에게 했던 대답을 그는 기억할까. 전혀 예상하지 못했던 반응이라 미처 하지 못했던 말을 이제야 한다. 당신 자체로 충분히 빛이 난다고. 메달의 색이 달라졌다 해서 당신을 응원하는 마음이 사그라지지는 않는다고 말이다. 살아가면서 아무리 최선을 다해도 원하는 결과를 얻지 못할 때가 있다. 이 정도밖에 안 되는 사람인가 자책하기도 하고, 기운이 빠져 주저앉고 싶을 수도 있다. 그래도 다시 한 번 나의 능력을 믿어보는 것!

그대 시간은 헛되지 않았어요.
그 노력이 빛을 발할 수 있도록
훌훌 털고 일어나서 보여주세요.

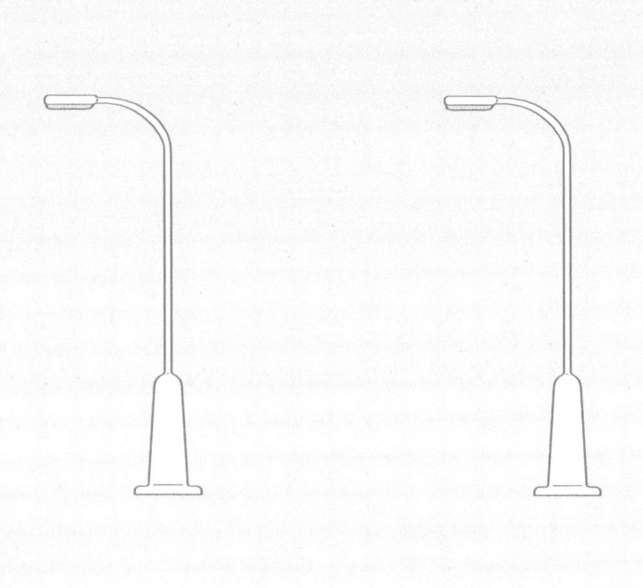

2장

삶이 꼭 모범 답안대로 흐르지는 않잖아?

이번에는 분명히 다를 거라는 확신과
달랐으면 좋겠다는 부질없는 기대 속에
다시 모험을 떠난다.

부디 이번만큼은
제대로 된 사랑을 만나기를 바라며

우리는 똑같은 실수를 반복한다.

헛된 사랑에 마음을 빼앗기더라도

나의 선택일 테니까.

우리는,

다시 모험을 떠난다.

아나운서를 꿈꾸는 친구들에게

자신의 매력을 정확하게 알지도 못하면서
어떻게 남에게 뽑아달라고
이야기할 수 있을까.

아나운서를 꿈꾸는 후배들을 만나면 수많은 질문이 쏟아진다. ‘어느 학원에 다니는 게 좋을까요?’, ‘어떤 동아리 활동이 도움이 되나요?’, ‘옷은, 또 머리는 어느 숍이 유명한가요?’ 나 역시도 그런 것들이 궁금하던 때가 있었지 하는 마음에 미소가 지어진다. 그리고 그때마다 자신 있게 대답하곤 한다.

“다 필요 없고, 사랑하세요!”

장담하건대 이 책을 읽고 있는 열에 아홉은 황당한 표정일 테고, 이 책 괜히 샀나 하는 볼멘소리도 나올 거다. 나도 아나운서 지망생 시절에는 정작 뭐가 중요한지 알지 못했다. 유명한 미용실을 수소문했고, 비싼 브랜드 옷을 입어야 하나 싶어 백화점을 수십 번 돌아다녔다. 평소에도 아나운서 같다는 말을 듣기 위해 20년간 써온 말투를 바꿔가며 정해진 틀에 끼워 맞췄다. 하지만 방송이라는 전쟁터에 뛰어들고 보니, 가장 유용한 능력치는 연애 경험이었다. 허무하게 들릴 수도 있으나 일단 들어보자.

좋아하는 사람이 내 앞에 있다면, 그의 마음을 얻기 위해 무엇을 할까? 아마도 나의 매력을 보여주려고 수단과 방법을 가리지 않고 노력할 것이다. 그렇다면 먼저, 나의 장점이 무엇인지 정확히 알아야 한다.

나의 매력을 찾기 위한 방법으로 흰 종이 위에 이름 석 자를 쓰고, 나를 둘러싼 생각의 지도를 그렸다. 이때 장점과 단점, 대학생활, 성격 등 나를 둘러싼 수많은 가지를 그리며 새로운 갈래를 만들었고, 이런 과정에서 생각지도 못한 부분들을 발견했다.

가령 생각의 지도 한가운데에 '장점'이라고 적고 지원자들 사이에서 나만의 경쟁력을 찾아보자. 나는 웃는 얼굴에 자신 있었다. 긴장하더라도 오히려 웃음으로 해결하려는 스타일이기 때문에 면접관은 '이 친구는 전혀 긴장하지 않는구나' 하고 느낄지도 모른다. 굳은 표정의 수많은 지원자들 사이에서 웃는 얼굴은 분명 눈에 띌 것이라 확신했다. 아나운서 채용 면접 당시, 수천 명의 지원자 중에서 가장 활짝 웃어보자는 마음으로 카메라 테스트에 임했다.

나를 내세울 장점으로 웃는 얼굴 하나는 부족하기 때문에 또 다른 가지를 그려 찾은 강점이 목소리 톤이다. 나의 첫인상을 보고 높은 톤의 목소리를 떠올리지만, 대화를 나눈 뒤 예상과 달리 낮은 톤의 목소리에 놀랐다고 이야기하는 사람이 많았다. 생각했던 목소리, 이미지와 다르다는 것이 반전의 요소라고 판단했다.

대학생들은 지원하는 기업에 입사하기 위해 기업이 요구하는 수많은 관문을 거친다. 아나운서 채용 역시 카메라 테스트, 필기시험, 합숙 면접, 심층 면접 등 대개 5, 6차까지 과정이 이어진다. 전형에 따라 준비 방법도 다르고 필요한 자료도 수백 장에 이른다.

그런데 차분히 생각해보면 이 모든 전형의 공통점은 '함께 일하고 싶은 좋은 사람'을 뽑는다는 것이다. 그리고 심사위원이 하는 다양한 질문을 하나로 묶어보면 결국은 '내가 누구인가'라는 답으로 귀결된다. 그러므로 나를 돌아보고 나에 대해서 정확히 아는 것은 반드시 필요한 과정이다. 자신의 매력을 정확하게 알지도 못하면서 어떻게 남에게 뽑아달라고 이야기할 수 있을까.

사랑을 시작하면 상대의 인생에 온전히 파고들면서 동시에 나라는 사람이 어떤 사람인지 깨닫게 된다. 오랜 시간 설레는 연애를 하기 위해 나의 매력은 무엇인지 고민하기도 하고, 싸웠을 때 해결하는 방식을 보면서 그동안 알지 못했던 새로운 모습을 발견하기도 한다. 사랑하는 시간 동안 누군가의 마음을 얻는 방법도, 내 마음을 표현하는 방법도 알게 된다.

또 하나, 이상형을 묻는 질문에 많은 사람들이 대화가 잘 통하는 사람이 좋다고 답한다. 어떤 사람과 대화가 잘 오간다는 건 무엇일까. 어느 한쪽만 말을 많이 하거나 주도권을 잡고 있다면, 그 관계를 두고 통한다고 할 수 없다. 잘 들어주는 것이야 말로 연애를 오래 지속할 수 있는 방법 가운데 하나이며, 이는 면접도 마찬가지다.

일단 잘 들어야 한다. 그 질문을 하필 왜 나에게 하는지 의도를 제대로 파악해야 그에 따른 대답도 충분히 조리 있게 말할 수 있다. 마찬가지로 심사위원과 면접자의 관계가 아니라 내가 관심 가는 상대라고 생각하면 마음이 편안해진다. 다시 말해 마음에 드는 사람이 지금 내 앞에 있고, 그 사람이 나를 좋아하도록 만드는 과정이 면접인 셈이다. 상대를 연인으로 만들고 싶다면 어떻게 할 건가. 대화가 끊기지 않도록 경청하며 고개를 끄덕이는 동안 내가 가진 매력을 최대한 표현해야 한다. 보이는 직업이기 때문에 외형적인 모습이 중요하지 않다고 말할 수는 없지만, 거울 보는 횟수보다 자신에 대해 다방면으로 고민하는 시간이 길어질수록 원하는 꿈에 빨리 도달할 수 있을 것이다.

그러니까,

사랑하고 또 사랑하세요. 제발!

손을 잡고 걷는다.

서두를 필요는 없다.

걸음걸음마다 지루할 틈도 없다.

당신의 걸음에 기꺼이 함께한다는 마음.

서로의 속도를 맞추고,

힘들 때 같이 쉬어갈 내 편이 있다는 것.

그리고

우리가 같은 곳을 바라보고 있다는 것.

연애 말고 결혼

누군가에게 상처를 주고
때로는 상처받았던 날들이 지나고,
당신을 만나 참 다행이다.

"너랑 참 잘 어울릴 것 같아. 그런데 연애는 하지 말고."

"응?"

"연애보다 결혼하면 좋을 사람이야. 연애 말고 결혼해, 결혼."

친구의 소개로 우리는 처음 만났다. 만나기로 약속한 날이 아닌데 '시간 괜찮으면 차 한잔하자'고 연락이 왔다. 내심 기다리고 있었는데 어떻게 알았지. 온종일 침대에서 뒹굴었으면서 지금 할 일이 산더미지만 잠깐 짬을 내보겠다고 괜히 바쁜 척을 했다.

그런데 이 남자! 참 웃긴다. 친구를 데리고 가도 되겠느냐는 거다. 당황스러웠다. 싫다고 하기 뭐해서 알겠다고 했더니, 분명 좋아할 거란다. 뭐야, 눈치까지 없나. 첫 만남부터 친구를 데리고 오는 남자라니. 소개팅할 때 여자들이 가장 싫어하는 행동 상위권에 있던 것 같은데 진짜 이런 남자가 있구나. 마음이 상해서 화장도 안 하고 나갔다. 다시 생각해도 어이가 없다. 친구를 데려온다고? 처음 만나는 자리에? 잘 해보고 싶은 마음이 딱 사라졌다. 연애는 무슨. 우리가 연인이 될 확률은 단 1퍼센트도 없다.

그저 그런 형식적인 이야기를 둘이 아닌 셋이! 나누고 돌아오는 길. 시답잖은 이야기만 한 것 같은데 희한하다. 마음이 요동친다. 그 추운 겨울날에 커피를 사러 뛰어가던 뒷모습, 선하게 웃는 얼굴이 자꾸 마음에 남는다. 하, 내가 생각한 시나리오는 이런 게 아닌데. 나 원래 진짜 까다로운 스타일인데……. 딱 한 번만 더 만나보고 싶다. 아무래도 내가 먼저 연락을 해봐야겠다.

세 번째로 만난 날. 뜬금없이 선인장을 건넨다. 식목일이라 같이 나무 한 그루 심고 싶었는데 마땅한 곳이 없어 이거라도 사왔다는 거다. 별다를 것 없이 지극히 평범했던 하루. 회사에서 밀린 일을 처리하느라 정신없었다. 팀원들과 점심을 먹고, 나른해진 오후에 커피 한 잔을 마시는 반복된 일상을 보냈다. 그냥 지나칠 수 있었던 4월 5일을 평생 기억하게 해준 사람. 이 남자와 함께한다면, 평범한 일상도 괜히 특별해질 것만 같았다.

그 순간, 속으로 생각한다는 걸, 나도 모르게 입 밖으로 꺼내버렸다.

"연애하자. 우리."

몇 번의 짧은 인연들을 지나, 그 사람을 만났다. 유독 사랑 앞에 어설펐던 나의 이십 대. 한없이 이기적이었다. 하고 싶은 대로 해야 하는 성격 탓에 상대를 지치게 했다. 보고 싶을 때는 아무리 바빠도 당장 봐야 하고, 지금 떠나고 싶으면 바로 기차를 예매하는 즉흥적인 성격이었다. 사랑한다면 이런 것쯤은 다 이해해줄 수 있어야 한다며 쓸데없는 억지도 많이 부렸다.

누군가에게 상처를 주고 때로는 상처받았던 날들이 지나고, 당신을 만나 참 다행이다. 지금은 끝이 났을지언정, 서툴렀던 시간이 지나고 조금은 더 성숙해졌으리라. 삼십 대인 지금, 나의 사사로운 감정보다 상대의 마음을 먼저 헤아릴 수 있는 여유가 생겼다. 연락이 없어도 온종일 핸드폰을 붙잡고 있지 않는다. 각자의 시간을 존중하고, 만났을 때 최선을 다하는 현명함도 생겼다. 상대의 마음을 가졌다 해서 그의 시간, 그의 인생이 모두 나의 것이 아니라는 걸 깨닫고 나서야 건강한 연애를 할 수 있게 되었다. 여전히 나의 사랑은 조금씩 성장 중이다.

자존감 높은 연애를 하고 싶다. 혼자 있는 시간을 즐길 줄 알고, 나의 발전을 위해 투자할 수 있는 사람이 되고 싶다. 사랑에 연연하기보다 나에게 더 집중할 수 있으면 좋겠다. 혼자서도 충분히 행복하다는 자신감. 나의 소중한 하루를 상대의 기분에 따라 움직이지 않는 것. 내 안의 문제를 남을 통해 해결하려 하지 않았으면 좋겠다.

애쓰는 사랑 말고.

구걸하는 사랑 말고.

비참한 연애 말고.

내 마음을 온전히 쏟아부을 수 있는

사랑을 기다린다.

마음이 맞는 사람을 만난다는 것

일로 만난 사이가 이제는
마음을 나눌 수 있는 사이가 되어
큰 위로가 되곤 한다. 문득 되돌아본다.
나도 그들에게 좋은 사람인지.

"너희 둘은 딱 반씩만 섞어놓으면 완벽하겠어."

하나부터 열까지 다 닮고 싶은 사람이었다. 한 번도 팬심을 대놓고 표현하지는 않았지만, 같은 길을 걷고 있다는 이유만으로도 서로 통하는 것이 많았다. 선배는 회사의 기둥 같은 존재였다. 뉴스, 라디오, 스포츠 전 분야에서 두각을 드러내던 선배.

그런 선배가 회사를 그만두었다.

유독 우리는 월드컵, 올림픽과 같은 스포츠 축제 때마다 함께 해외 출장을 나갈 일이 많았다. 회사를 대표하는 행사에서 선배의 이름 옆에 내 이름이 거론된다는 게 스스로 큰 자랑거리였다. 같이 하는 시간이 많아지면서 가끔 자연스럽게 속마음을 털어놓았는데 누구보다 나의 방황을 잘 이해해주었다. 한창 일이 많아져 어느 것 하나 집중하지 못해 고민할 때면 긴 말 대신 커피 한 잔을 사주었다. 요즘은 일하는 게 행복하지 않다는 투정을 부릴 때면 지칠 때가 되었다고 어깨를 토닥여주었다.

나와 달리 선배는 남에게 고민을 잘 털어놓지 않았다. 하지만 종종 풀리지 않는 문제를 이야기하면 기꺼이 시간을 내어 조언을 아끼지 않았다. 본인이 지나온 발자취를 뒤따라오던 후배에게 해주고 싶은 말이 더 많았으리라.

서로 닮고 싶은 부분이 많았다. 어떤 일을 앞두고 부담을 갖기보다는 즐겁게 해내려는 나의 단순함을 선배는 신기하게 바라봤다. 반대로 일할 때 신중하고 꼼꼼한 선배의 성격은 나에게 없는 부분이라 늘 반성하게 했다. 다른 부분이 많았지만 둘 다 일에 대한 욕심이 많은 것 하나만큼은 똑 닮아 있었다.

"그렇게 일만 하다 결국 어떻게 되는지 알아? 아무것도 안 남아. 내가 그랬었지."

영화 〈굿모닝 에브리원〉을 보면 일 생각뿐인 여자 주인공에게 회사 선배가 충고하는 장면이 나온다. 딱 영화 속의 선배가 그였다. 마음이 건강한 게 가장 중요하니 나를 위해 꼭 쉬어가야 한다고 몇 번이고 말했다. 이 글을 쓰고 있는 지금도 마음 한구석에 큰 구멍이 난 것 같다. 모르는 사이 꽤 많이 의지하고 있었나 보다. 매일 얼굴을 마주 보고, 같은 고민을 나누었다. 아나운서팀 사무실에 앉아 실없는 소리를 할 때마다 박장대소하며, 너처럼 밝은 애는 처음이라고 막냇동생 보듯 아껴주던 선배.

사회생활하면서 마음이 맞는 사람을 만난다는 게 얼마나 큰 행운인지, 그리고 얼마나 드문 일인지. 처음에는 알지 못했다. 각자의 위치에서 맡은 책임을 감당하며, 무미건조한 관계를 맺는 것이 어쩌면 당연한 일일지도 모른다. 핸드폰에 비즈니스 관계로 만난 연락처가 쌓여가던 어느 날, 한번 세어 보았다. 과연 여기서 진짜 나의 사람은 몇 명일까. 감사하게도 꽤 많았다. 일이 인생의 전부가 아닌데 일에만 매달려 사는 게 허무하게 느껴질 때마다 함께하는 사람들이 좋아서 버틸 수 있었다. 차곡차곡 테트리스를 쌓아가는 것처럼 함께 나누는 시간과 진심이 닿아야 만들 수 있는 인연들.

말도 안 되는 기사에 왜 가만히 있는 거냐며 나보다 더 열을 내던 작가 언니. 나라도 댓글을 달아야지 그러지 않고는 속 터지겠다며, 자판을 두드리던 후배. 넌 워낙 긍정적이니까 어디서든 잘할 거라며 토닥여주던 피디, 물가에 내놓은 새끼 오리 같아 마냥 걱정된다던 선배까지. 나의 일을 자기 일처럼 신경 쓰는 사람들이 많은 걸 보니 잘 살았다 싶기도 했다. 일로 만난 사이가 이제는 마음을 나눌 수 있는 사이가 되어 큰 위로가 되곤 한다. 문득 되돌아본다. 나도 그들에게 좋은 사람인지.

아쉬운 마음을 꾹꾹 담아 문자 메시지를 보냈다.

"선배의 새로운 도전을 온 맘 다해 응원해요. 가지 말라고 붙잡고 싶은 마음이 전해지기를!"

한동안 내 뒷자리가 아주 허전할 것 같다.

사촌이 땅을 사도 배가 아프다는데……

아니지.

형제가 사도 배가 아픈 세상이라는데.

피 한 방울 섞이지 않았어도

바라는 것 하나 없이,

그저 잘됐으면

무조건 잘 살았으면 하는 친구가 있다.

'진짜 내 사람'의 기준.

당신의 마음은 안녕한가요

가볍게 살아,

때로는 막 살아도 괜찮아.

열세 살부터 간절히 바라던 아나운서가 된 이후 한동안 고민에 빠진 적이 있다.

'앞으로 내 꿈은 무엇일까?'

'이렇게 간절하게 또 꿈꿀 수 있을까?'

제 복에 겨운 행복한 고민이라고 말할 수도 있지만 갑작스럽게 찾아온 사춘기는 꽤 당황스러웠다.

재수를 결심한 이유도, 자기소개서에 한 줄이라도 더 쓰기 위해 도서관에서 살았던 이유도 다 아나운서가 되고 싶어서였다. 오로지 단 하나만 보고 달려왔는데 그 꿈을 이루고 나니 불현듯 공허해진 거다.

아나운서 8년 차. 아직 못해본 게 더 많은데 쓸데없는 생각에 빠진 거라며 나의 오만함을 꾸짖어도 보고, 주어진 일들을 해치우기에 바빠 이따금 휘몰아치는 고민을 멀찌감치 미뤄두기도 했다. 대수롭지 않게 넘긴 게 섣불렀던 걸까. 얼마 지나지 않아 파도가 지나간 자리에 더 큰 파도가 밀려왔다.

"장예원 씨, 병원에 다시 와보셔야 할 것 같아요."

"왜요?"

"혈액 검사 수치가 너무 높게 나와서요."

"그게 뭔데요?"

"큰 병원을 가봐야 알 것 같아요. 암일 수도 있어서."

급하게 대학 병원을 예약하고 진료를 기다리는 동안 천국과 지옥을 오갔다. 이제껏 부모님께 반항 한 번 없이 착하게 살았는데 드라마에서나 보던 일이 나에게 벌어졌다. 만약 진짜 암이면 어떡하지. 왜 규칙적인 생활을 하지 않았을까. 그러게 평소에 채소 좀 많이 먹을걸. 이대로 아나운서 생활도 끝나는 건가.

그때 나는 휴식이 절실했다. 몇 년째 동시에 네다섯 프로그램을 진행하니 링거를 맞고 촬영장에 가는 일이 많았는데도 아픈 줄 몰랐다. 오히려 일거리가 하나라도 줄어들면 다른 프로그램도 없어질까 봐 불안했고 조급했다. 언제 다시 올지 모르는 기회, 2년마다 신입 아나운서를 뽑고, 나보다 어리고 예쁜 후배들이 빠르게 성장하는 걸 보며 가장 많은 프로그램을 하고 있으면서도 더 욕심을 냈다. 아나운서는 일이 많아도 힘들고 없어도 힘들다는 선배의 말에, 없어서 힘들 바에 일 속에 파묻혀 쓰러지는 게 더 낫다고 입버릇처럼 이야기할 정도였으니 말이다.

검사 결과가 나왔고, 암은 아니었다. 한숨이 새어 나왔다. 하지만 더는 무리라는 몸의 신호를 무시할 수 없어서 결국 5년간 진행하던 스포츠 뉴스를 그만두게 되었다.

이미 알고 있었다. 치열한 정글에서 살아남기 위해 앞만 보고 달려왔다면, 이제는 잠깐 멈춰야 할 때였다. 몸에 혹이 생긴 건 알아차리지 못했어도 그보다 먼저 마음의 병이 찾아왔다는 건 진작 알고 있었기에 나를 돌보아야 했다. 처음에는 괜히 내려놓았다는 생각에 잠도 오지 않았다. 혹이야 떼면 그만인데 워커홀릭인 내가 스스로 그만두겠다고 말하다니……. 시간이 많아졌는데도 마음을 내려놓지 못해 제대로 쉬지도 못했다. 선배들은 이제 저녁 약속도 좀 잡고 친구들이랑 놀러 다니라고, 연애도 적극 추천한다며 소개팅 자리도 알아봐 주셨다. 하지만 고기도 먹어본 사람이 잘 먹는다고 일이 곧 놀이였던 바보 같은 어린 양은 늦게까지 회사에 남는 일이 일쑤였다.

일찍 사회생활을 시작하면서 남들보다 먼저, 빨리 가는 게 괜찮은 인생이라고 여겼던 것 같다. 시간에 쫓겨 김밥으로 때우는 날이 많아질수록, 나는 꽤 열심히 잘 살고 있다는 착각에 빠졌다. 일에 쫓겨 주변 친구들과 점점 멀어지면서도 얻는 게 있으면 잃는 것도 있다는 불변의 진리에 고개를 끄덕였다.

그러다 문득 '나는 잘 살고 있는 걸까' 하고 되묻게 되는 날이 있었다. 밥벌이를 위해 하루를 살아내기도 버거운데 그 와중에 나만의 시간을 가져야 한다느니, 연애와 결혼도 소홀히 하면 안 된다느니 하는 말들. 그 나이 때 놓치지 말아야 할 것들이 너무 많아서 머리가 아플 지경이었다. 소소하지만 확실한 행복, 채널을 돌릴 때마다 하나같이 이야기하는 걸 듣고 있자니 소확행을 찾지 못한 나는 실패한 것처럼 느껴지기도 했다.

오늘도 개미처럼 일하는 우리. 잘 살고 있는 건가. 어떻게 살아야 잘 사는 것이며, 그게 도대체 뭐기에 서로서로 잘 살자고 혹은 나 대신 너라도 제발 잘 살라고 이야기하는 걸까. 사람마다 각자 살아가는 목적과 가고자 하는 방향이 다르니 좌절할 필요가 없다. 누군가는 일하며 행복을 찾고, 누군가는 맑은 하늘을 올려다보며 살아갈 힘을 얻기도 한다. 다시 말해 그저 각자의 인생을 즐기면 그만인 거다.

누구 하나 말해주는 사람 없으니 나라도 해야지.

가볍게 살아, 때로는 막 살아도 괜찮아.

좀 이기적으로 살아라.

할 말 있으면 하고,

갖고 싶은 게 있으면 떼도 써보고.

남들이 다 안 된다고 하면

어떻게 되는지 두고 보라고

큰소리도 쳐보고.

너의 인생이야.

너만 생각해야지.

그건 이기적인 게 아니라 당연한 거야.

아무도 책임져주지 않아.

나를 행복하게 하는 돈 쓰는 법

그 순간, 그곳에서만 경험할 수 있는
많은 것들을 놓치지 말 것!

일을 시작하고 일 년에 한 번 정도 휴가를 낼 수 있었다. 선후배에게 맡은 프로그램의 빈자리를 채워달라고 부탁하며 떠나야 했으므로 긴 휴가는 상상도 할 수 없었다. 짧더라도 답답한 일상에서 벗어날 수 있다는 것에 감사하며 여행 계획을 짰다. 어디로 떠날지 인터넷을 살펴보고 있는데 동생이 슬쩍 다가와 묻는다.

"나도 데리고 가주면 안 돼?"

대학생 때부터 훌쩍 떠나기를 좋아했던 나와 달리, 동생은 한 번도 해외에 나가본 적이 없다. 국내 여행도 가족과 갔던 강릉이 전부였다. 마침 다니던 회사를 그만두고 놀고 있던 터라 시간은 충분했다. 집에서 뒹구는 것보다는 어디든 가는 게 나으니까. 넓은 세상을 보면 더 큰 꿈을 꾸지 않을까 싶어 흔쾌히 허락했다.

공항버스를 탄 순간부터 동생의 눈이 반짝인다. 수속을 밟을 때도 난 여러 번 경험한 일이라 익숙했지만, 동생에게는 모든 게 새로웠다. 별거 아닌데도 신기해했다. 처음으로 기내식을 받고는 질문이 쏟아졌다. "비행기 안에서 이런 것도 줘?", "닭고기가 어떻게 이렇게 따뜻해?", "이거

또 달라고 해도 되나?" 옆에서 조잘조잘 떠드는 걸 보니 대답해주기 귀찮다가도 이제라도 데려오길 잘했다 싶었다. 하지만 언니의 바다 같은 마음은 딱 거기까지였다.

이왕 떠난 여행이니 마음껏 먹고, 사고, 즐기면 될 것을. 그러지 못했다. 귀여운 펜을 하나 든 동생이 사고 싶다는 눈빛을 보냈지만, 그 순간 나는 합리적인 소비를 추구하는 깐깐한 총무가 되었다.

"내려놔. 그거 동대문에 가면 똑같은 거 있어."

고르고 골라 들어간 음식점의 메뉴판을 보고도 마찬가지였다. 사실 관광지 물가가 다 그렇다는 걸 알고 있었지만, 마음과는 다르게 이미 앉아 있는 동생 손을 기어이 잡아끌었다.

"여기 메뉴도 별로인데 비싸다. 나가자!"

첫 여행인데 너무 야박했나. 번듯한 직장에 저축도 많이 했는데 왜 그랬을까. 뒤늦게 후회가 밀려온다. 사람은 쉽게 변하지 않는다고 어려서부터 알뜰했던 소비 습관을 좀처럼 바꾸기 어려웠다. 그래도 동생은 예상했다는 듯, '저 언니 여기서도 저러네' 하고 큰 불평불만 없이 따라와 주었다.

그때는 처음 해외여행을 한 동생이 나보다 현명했다. 마음씨 착한 동생은 언니 덕분에 흥청망청 돈을 쓰지 않았다고 예쁘게 감사 인사까지 전했다. 빡빡하게 짜놓은 여행 스케줄에도 짜증 한 번 내지 않았다. 어차피 한국 가서 자면 된다고 새벽부터 일어나 군말 없이 따라다녔다. 왜 이곳저곳 쉼 없이 움직이는지, 자리 잡고 앉은 식당을 왜 박차고 나오는지……. 굳이 설명하지 않았지만 이미 동생은 알고 있었다. 처음 외국에 나온 동생에게 하나라도 더 보여주려는 마음, 열심히 모은 돈을 허투루 쓰기보다 조금 더 좋은 데 쓰고 싶던 언니의 마음을 알아주었다.

그럼에도 약간의 후회는 남는다. 그때 왜 그랬을까. 어렵게 떠난 여행에서, 그것도 첫 여행에서, 다시 언제 같이 갈 수 있을지도 모르는 그 소중한 여행에서 몇 푼 아끼는 게 뭐가 중요하다고. 아껴야 잘산다는 말은 옛말이다. 그 자리에서 귀여운 고양이 펜 하나 사줬더라면 두고두고 추억거리가 생겼을 텐데. 바보도 이런 바보가 없다.

지난 일이 마음에 남아서일까. 동생과 다시 떠난 여행에서는 동생이 해달라는 건 다 해줘야지 다짐했다. 그런데 이제는 동생이 무언가를 사달라고 하지 않았다. 이럴 때는 나보다 먼저 철든 동생에게 내심 서운하다. 다 순간인 것을, 사주는 기쁨을 놓쳐버렸다.

아무리 돈을 써도 아깝지 않은 두 가지가 있다. 돈 버느라 고생한 나를 위한 소비. 그리고 내가 사랑하는 사람들을 위한 소비. 내가 건넨 작은 선물에 행복해하는 사람들을 보며 덩달아 더 큰 행복을 선물 받는다. 그 순간, 그곳에서만 경험할 수 있는 많은 것들을 놓치지 말 것! 언제 다시 올지 모르고, 언제 또 먹을 수 있을지 모른다. 그러니 할까 말까 망설일 땐 하고, 살까 말까 고민될 때는 일단 사자!

"내가 처음 살아보는 거잖아.
나 67살이 처음이야."

윤여정 배우가 했던 이 말처럼
우린 다 처음이니까.

서툴러도,
실수해도 괜찮아.

인생의 속도와 방향

자신의 속도를 잃지 않고 가다 보면
마침내 원하는 종착지에 도달할 거다.
인생에 정해진 길은 없으니까.

중앙대학교 음악대학 바이올린 전공

OBS 기상캐스터

MBC 스포츠플러스 아나운서

지금은 프리랜서 방송인

우리 집 이직의 아이콘, 내 동생 장예인. 기특한 녀석이다. 쫄보인 나라면 이러지도 저러지도 못하고 고민만 하다 세월을 보냈을 텐데, 순간순간 찐 행복을 찾아가며 하루도 허투루 보내지 않는다. 중 고등학교 때부터 야구에 미쳐 있던 여고생이 이제는 스포츠 아나운서가 되어 커리어를 쌓아가는 모습을 보며 내심 뿌듯했다.

야구, 씨름, 미식축구, 다이빙, 싱크로나이즈드 스위밍 심지어 댄스 스포츠까지. 한번 종목을 맡으면 해설위원이 놀랄 정도로 빠져들기 때문에 다른 방송국에 소문이 날 정도로 칭찬이 자자했다. 일의 특성상 일주일에도 서너 번 지방으로 출장을 가는데, 언니로서 그때마다 내심 걱정이 앞선다. (평소에 무서운 영화만 봐도 내 방으로 쪼르르 달려와 같이 자겠다는 녀석이라) 낯선 곳에서 혼자 잠들기가 두려워 컴컴한 모텔에서 꼬박 밤을 새우고 현장을 나가는데도, 지금 하는 일이 취미와 같은 덕업일치라며 매 출장마다 신나게 짐을 싼다. 학생 때는 억지로 책상 앞에 앉았던 예인이가 좋아하는 일을 위해 공부하고, 책장에 각종 스포츠 서적이 쌓여가는 걸 보니 진정 자기가 원하는 일을 하는구나 싶다.

같은 분야에서 일하고 있는 우리의 다른 점은 딱 하나. 바로 속도다. 중학생 때부터 아나운서를 꿈꾸던 나는 한눈팔지 않고 단번에 아나운서가 되었고, 동생은 돌고 돌아 원하던 방송 일을 하고 있다. 결국 둘 다 마이크를 잡고 무대 위에 서 있으니 늦으면 어떻고 조금 방황하면 어떤가. 꿈을 이루겠다는 의지, 해낼 수 있다는 믿음만 갖고 있다면 남들보다 늦어도 괜찮다. 자신의 속도를 잃지 않고 가다 보면 마침내 원하는 종착지에 도달할 거다. 인생에 정해진 길은 없으니까.

먼저 사직서를 써본 동생이 묻는다.

"일 없을까 봐 걱정되지?"

"막상 내고 나니까 싱숭생숭하기는 하네."

"그건 당연한 마음인데, 이거는 확실해! 퇴사한 다음 날, 무조건 좋을 거야."

에이, 이 말이 맞겠어? 무조건 초조하겠지. 동생의 말을 믿지 못했던 순간이 무색하게 그 말이 딱 들어맞았다. 눈 뜨자마자 직장이 없다는 게 잠깐 걱정되다가, 늦잠 자도 된다는 생각에 다시 웃으면서 잠들었다. 동생이 지나온 그 출발선에 이제는 내가 서 있다. 일단 하고 싶은 게 생기면 도전하는 자신감은 집안 내력인 것 같은데, 동생처럼 잘할 수 있겠지. 새로운 시작을 앞두고 걱정이 많지만 언제든 조언을 구할 프리랜서 선배가 옆에 있어 다행이다.

이것부터 물어봐야지.

이제 4대보험 안 되는 거 맞지?

이 사회에서

너의 재능을 마음껏 펼치는

당당한 여자였으면 좋겠다.

훗날 결혼을 하고

아이를 낳아도

너의 삶에 더 충실한 엄마였으면 좋겠다.

네가 더 훨훨 날았으면 좋겠다.

마음을 아끼지 않기로 했다

마음이란 물감과 같아서,
아끼다간 굳어버린다고.
쓸 수 있을 때 마음껏 써봐야지.

연애한다는 건, 어쩌면 행복한 지옥에 제 발로 뛰어드는 걸지도 모른다. 시작은 찬란하다. 아름답다는 말보다 더 반짝이고 고귀한 표현이 어울릴 것 같아 몇 번을 고쳐 썼다. 이 경이로운 감정, 도대체 어디 있다가 이제 나타난 건지 세상이 달라 보인다. 우리는 천생연분이다. 맞지 않는 구석이 하나도 없다는 게 놀라움의 연속이다. 자신 있게 말할 수 있다. 분명 이번에는 다르다.

이 설렘에 익숙해지고 무뎌질 무렵, 모든 게 잘 맞았던 두 사람이 흔들린다. 하나둘 단점이 보인다. 초반에는 전혀 알아차리지 못했던 문제들이 거슬린다는 건, 연애하는 동안 그에게 새로운 습관이 생긴 게 아니다. 단지 보이지 않았을 뿐이다. 다시 말해, 그냥 콩깍지가 벗겨질 때가 된 거다. 암 그렇고말고. 때때로 우리 사이에 찾아오던 작은 파도에 몸을 맡기다가, 이제는 크고 작은 파도들이 물밀듯이 밀려와 허우적거린다. 이번에는 잘 넘겼다 싶어도 언제 또 더 큰 파도가 밀려올지 모를 일이다.

적당히 사랑하면 연애의 끝자락에 덜 아프리라……. 마음의 크기를 쟀을 때 더 작은 동그라미가 그려지는 쪽이 승자라고 생각했다. 바보 같았다. 깊게 빠지면 헤어질 때 힘들까 봐 마음의 문을 걸어 잠갔다. 언젠가 받게 될 상처를 미리 걱정하며 움츠러들었다. 이제 와서 굳이 그럴 필요가 있었을까 싶지만, 그때는 현명한 판단이라 여겼다.

누구나 그렇듯 마음을 주체할 수 없었던 사랑에도 권태기가 찾아오고, 싸우고 화해하기를 반복하다 결국 헤어졌다. 사랑에 마침표를 찍는다는 건 누구의 잘못도 아니다. 그저 시간이 흐르면서 서로가 중심이 아니었으니 헤어졌을 뿐이다. 마치 여행길에서 내가 가고자 하는 방향과 그가 가려는 방향이 달랐을 뿐, 누구의 잘못도 아니다.

쓰라린 이별을 겪고 나서야 어느 쪽이 승자인지 알겠더라. 온 마음을 다해 쏟아부었던 기억. 너에게 미쳐 있었다고 자신 있게 말할 정도의 열정적인 사랑 후에 오히려 아픔이 덜했다. 술을 핑계 삼아 '자니……?' 문자 메시지를 보내지도 않았다. 이 정도까지 열과 성을 다했는데 아니라면 아닌 거지. 안 되는 마음을 억지로 얻으려고 구걸하지 않기로 했다. 넘치는 사랑을 주며 행복했다면 그걸로 됐다. 나에게 덜 집중했던 그가, 끝내 더 오래 아팠으리라…….

드라마 〈호구의 사랑〉에서 최우식이 말한다. 미술학원 다닐 때 물감이 아까워서 조금씩 썼더니, 중간에 굳어서 반도 못 쓰고 버렸다고. 마음이란 물감과 같아서, 아끼다간 굳어버린다고. 쓸 수 있을 때 마음껏 써봐야지. 이제는 아끼지 않기로 했다.

추적추적 내리는 가을비의 낭만을 아는 사람이면 좋겠다.

골목길을 헤매는 강아지를 보고,

가던 길을 멈추는 사람이면 좋겠다.

사소한 일에도 웃음이 쏟아졌으면 좋겠다.

길에서 채소 파는 할머니를 만나면,

입에도 안 대는 풀떼기라도 한 움큼 사오는 사람이면 좋겠다.

함께하는 순간순간 사랑한다고 말해주면 좋겠다.

매일 아침, 그런 너와 눈을 뜨면 더 좋겠다.

예원의
소소한 기록

오랜만에 친구들을 만났다. 세상에서 내가 제일 바쁘다고 자부하는 30대 여성들. 이 시대 최고의 광고쟁이를 꿈꾸는 5년 차 회사원, 아기 엄마이자 공무원, 이직을 준비하는 스타트업 기업의 대리. 대학교 때는 매일 붙어 다녔는데 지금은 세 달에 한 번 몰아서 겨우 만난다.

광고 회사에 다니는 친구가 자리에 앉자마자 신세 한탄을 시작한다. 원래 늘 우리의 이야기를 듣기만 하는 조용한 친구인데 쌓인 게 많았나보다. 직속상관이 자기를 그렇게 괴롭힌다는 거다. 진작 마쳐야 될 프로젝트를 마감 한 시간 앞두고 넘기고, 주말에 전화를 안 받았다고 숨도 못 쉬게 쏘아 붙여 탈모 병원까지 다니고 있었다. 그렇게 가고 싶던 회사인데 지금 당장이라도 때려치울 판이란다.

그런데 가만히 듣고 있던 한 친구가 묻는다.

"그래서 안 다닐 거야? 그거 아니잖아!"

직장인은 누구나 가슴 속에 사표 한 장을 넣고 다닌다. 대한민국 아니 전 세계 모든 직장인들은 공감하겠지. 짜증이 머리끝까지 차올라도 어차피 힘들지 않은 회사는 없으니까.

한때 직장인이었던 나의 현실적인 조언은 딱 하나다.

존버정신.

직장인들이여! 오늘만 버티시라!
토요일은 반드시 돌아온다!

3장

서른, 다시 꿈꾸기에 딱 좋은 나이

2020년, 서른하나
다시 출발선에 서 있다.

앞으로 어떻게 흘러갈지
그 누구도 알 수 없지만

장예원이니까.

나답게, 근사하게 그려나갈 거라 믿는다.

재수 없는 당신에게

두드리는 자에게 문이 열린다고,
내가 인생의 선배에게 도움을 청했던
것처럼 후배들도 그랬으면 좋겠다.

아침부터 역대 최강 한파가 찾아왔다는 기사가 쏟아지는 걸 보니 어김없이 그날이다. 수능이 시작됐다. 국어 모의 답안, 등급컷, 수리영역 문제 오류……. 하루 종일 실시간 검색어가 난리다. 어쩌면 우리는 초등학교에 입학한 순간부터 12년을 오로지 이날만을 위해 달려왔는지 모른다. 불쌍한 대한민국 학생들. 나도 같은 과정을 겪었지만 참 안쓰럽다.

수능이 끝남과 동시에 내 인스타그램에도 메시지가 쌓여간다.

"제가 수능을 망쳤는데 재수를 하려고요. 언니는 저를 이해해줄 것 같아서요."

"똑같이 1년을 더 해야 한다는데 잘할 수 있겠죠?"

"수능 날 긴장한 탓인지 성적이 안 나와서 재수를 하게 되었어요."

"응원해주세요."

내가 재수를 하다니. 하늘이 무너지는 줄 알았다. 아니지. 인생이 끝나는 줄 알았다. 사회에 나와보니 재수생이던 그 1년이 얼마나 짧은 시간인지 깨닫게 되었지만, 고작 열아홉 살 소녀가 알 리가 있나. 그때는 내 인생에 대학이 전부였다. 꼭 가고 싶던 대학에 떨어지고 나니 모든 의욕이 사라지고 자존감이 바닥으로 떨어졌다.

하지만 지난 내 고등학교 생활을 되돌아보면 그럴 만했다. 다섯 손가락 안에 들 정도의 성적으로 고등학교에 입학했는데 방송부 활동에 빠져들면서 모범생에서 멀어졌다. 중학생 때는 선생님들에게 예쁨을 독차지하던 학생이 고등학교에 올라가서 왜 이렇게 변한 거냐며 엄마에게도 여러 번 전화가 걸려왔다. 교무실에 시험 범위를 물어보러 갔을 때 선생님에게서 들었던 말은 잊히지도 않는다.

"예원아, 너 이제 공부하려고?"

아, 내가 이런 학생이었구나. 그때부터 마음잡고 다시 공부를 시작했지만 이미 앞서 간 친구들을 따라잡기는 역부족이었다. 아니나 다를까. 고등학교 3학년 때 치른 수능에서 원하는 성적을 얻을 수 없었고, 그렇게 재수를 결심했다.

가끔 여전히 내가 재수생이 되는 꿈을 꿀 정도로 힘든 시간이었지만 종종 인터뷰에서 삶의 전환점을 물어보면,

아나운서가 된 순간이 아니라 재수하던 그때를 꼽는다. 그만큼 단순히 성적을 올리는 것만이 아니라, 에너지를 쏟은 만큼 결과가 나온다는 교훈을 얻게 된 값진 시간이었다. 더군다나 꿈에 그리던 신입생이 되고도 남들보다 늦게 출발했다는 마음에 놀 겨를이 없었다. 이력서에 한 줄이라도 더 쓰려고 학교 홍보대사며, 기업의 대학생 기자 활동이며, 신입생만의 특권이라는 미팅을 마다하고 이곳저곳을 뛰어다녔다.

그래서 다시 수능을 준비하는 친구들에게 자신 있게 말할 수 있다. 그 1년은 아무것도 아니라고. 지금이야 나만 늦어지는 기분에 조급하겠지만 절대 그렇지 않다고. 너의 인생을 책으로 쓴다면, 재수를 위해 학원에 박혀 있던 시간은 한 페이지가 아닌 단 한 줄로 남겨질 거라고 말이다.

나에게 인스타그램으로 조언을 구하는 친구들의 심정을 백번 이해한다. 이것도 용기가 필요한 일이다. 나도 그랬으니까. 앞일이 캄캄하고 막막할 때 이런 당차고 적극적인 성격은 더 빛을 발한다. 아나운서 시험을 준비하면서 제일 공들일 부분은 자기소개서다. 면접에서는 서류를 토대로 질문하기 때문에 자신의 이야기를 흥미롭게 풀어내야 한다. 그래서 학과 교수님들에게 몇 번이나 자기소개서 첨삭을 받았다. 메일을 보내서 검토를 부탁드리기도 하고, 직접 교수님 연구실에 찾아가 조언을 구하기도 했다. 이런 학생들이 많을 텐데 괜히 성가시게 하는 건 아닌지 죄송스럽기도 했지만 막상 찾아가서 여쭤보면 '너만큼 귀찮게 하는 학생은 없다'고 하시면서도 세세한 부분까지 도와주셨다.

이뿐만이 아니다. 이전에 동문 특강을 들은 적 있다는 말도 안 되는 이유 하나만으로 아나운서 선배에게 메일을 보냈다. 최종 면접을 앞두고 있는데 어떻게 해야 할지 몰라서 막막하다는 내용이 전부였다. 당시 KBS 김민정 아나운서는 전혀 알지 못하는 후배의 하소연에 친절하게 답장해주었다.

"있는 그대로 보여줘야 후회가 없어요."

아직까지도 이 한마디가 나의 합격을 만들었다고 믿는다. 아나운서다운 모습을 보이려고 가면을 쓰고 면접에 임했다면 절대 심사위원들의 마음을 움직이지 못했을 거다.

"입시 문제로 쪽지를 보냈는데 그때 언니가 한 번 더 도전해 보라고 조언해주셨어요. 불안한 마음이 컸는데 용기 내서 공부했더니 언니의 후배가 되었습니다. 답장 너무 감사했습니다. 즐겁게 대학교 다닐게요!"

사실 구구절절 이 글을 쓰게 된 건 어느 날 날아온 이 쪽지 때문이다. 자랑하기 위한 큰 그림이랄까. 이렇게 뿌듯한 순간이 오다니. 두드리는 자에게 문이 열린다고, 내가 인생의 선배에게 도움을 청했던 것처럼 후배들도 그랬으면 좋겠다. 선배에게 받은 메일 한 줄이 내 인생을 바꿔놓은 것처럼, 나도 누군가에게 그런 선배가 될 수 있다면 참 좋겠다.

내가 더 열심히 살아볼게요. 더 꼬박꼬박 답장할게요!

새로운 시작을 하는 너에게

길고 긴 터널을 지나 드디어 빛을 보는구나.

여기까지 오느라 고생 많았어.

힘들었지?

그저 뚜벅뚜벅 한눈팔지 않고

앞만 보고 걸어가면 된다고 말하는 사람들.

길이 보이는 것 같다가도

어느새 또 다른 어둠이 찾아와

너는 어디로 가야 할지 헤맸겠지.

다행히 종착지는 있었어.

누군가는 원래의 속도로

누군가는 숨 가쁘게

너는 조금 천천히, 또 느리고 여유 있게 다다랐구나.

아무렴 어때.

결국 종착지에서 또 다른 시작인 것을.

속도는 중요하지 않아.

어디로 가야 할지, 어떻게 가야 할지

너만의 확신이 있다면 그걸로 충분해.

돌아보지 마!

난 너의 선택이 최고라 믿어!

또 다른 출발선에 선 너를, 온 맘 다해 응원한다.

환영해 그리고 축하해!

부모의 기대에서 벗어날 용기

때로는 조금 불안정하더라도
거기서 오는 긴장감을 즐기는 것도
젊을 때나 할 수 있지 않을까?

회사를 그만두기로 했다.

아나운서도 직장인이다. 여느 회사나 마찬가지로 하고 싶은 일을 결정할 수 없다. 아나운서를 연예인으로 생각하는 사람도 많지만, 우리끼리는 직장인에 더 가깝다고 말한다. 결이 잘 맞지 않는 프로그램이라도 시키면 해야 하고, 방송 이외에도 늘 잡무가 쌓여 있다.

휴식과 일의 균형을 맞추고 싶었다. 한 살이라도 젊을 때 새로운 것들을 해보고 싶었고 지금이 적당한 시기라고 생각했다.

"엄마, 나 회사 그만두려고."

"힘들게 들어간 곳을 왜? 절대 안 돼. 우리 집에 프리랜서는 한 명으로 충분해."

10년 넘게 꿈꿔온 곳이었다. 여러 차례 면접을 치르고 힘들게 들어간 곳이었다. 때문에 방송국을 포기하기까지 가족과 숱한 실랑이가 이어졌다. 안정된 직장을 제 발로 박차고 나온다는 것은 부모로서는 전혀 이해되지 않았을 것이다. 스스로 더 넓은 세상에 도전해보겠다고 결정하는 건 생각보다 어렵지 않았지만, 엄마를 설득하는 데는 1년이 넘게 걸렸다.

엄마는 안정적인 방송국에서 지내보니 정작 그 소중함을 모르는 거라고 몇 번이나 퇴사를 말렸다. 프리랜서 방송인은 지금 일거리가 많이 들어온다고 해서 당장 내일도 같으리란 보장이 없다. 이미 자유롭게 들쭉날쭉 일하고 있는 막내딸을 보며, 굳이 왜 치열한 바깥 세상에 나오려고 하는지 답답했을 거다.

방송국에 있을 때는 회사원이니까 일이 많든 적든 정해진 월급을 받는다. 젊을 때는 업무량이 많더라도 연차가 쌓이면 일에 요령이 생겨 그만큼 효율적으로 일하게 되고 안정적인 월급도 받게 된다. 설이나 추석에는 상여금도 두둑하다. 자식이 하고 싶은 일을 하는 것도 중요하지만 무엇보다 안정적으로 살길 바라는 엄마의 마음도 충분히 이해가 간다.

그러나 나의 결심도 단단했다. 이십 대의 내가 부모의 기대에 맞춰 빠르게 걸었다면, 삼십 대에는 나만의 속도로 걷기로 했다.

어린 시절, 화목한 가정에서 넘치는 사랑을 받고 자랐

다. 나 역시 말 잘 듣는 딸로 부모님이 원하는 대로 잘 따라 주었다. 칭찬받는 게 좋아 뭐든지 열심히 했고, 장녀에게 거는 기대에 어긋나지 않으려고 노력했다. 두 분의 말이면 무조건 옳다고 여겼는데, 정서적으로 성장하는 시기에 부모님이 차지하는 비중이 크다 보니 이게 내가 정한 목표인지, 부모님의 희망 사항인지 헷갈리기 시작했다.

고민은 대학 때까지 이어졌다. 동아리를 선택하는데 부모님과 의견이 맞지 않았다. '굳이 그런 것까지?' 하는 생각은 잠시 접어주시길. 내 인생에서 선택의 갈림길에 설 때마다 부모님의 한마디는 원래의 결정을 크게 바꾸어놓았다. 엄마는 미리 경험해보길 바라는 마음에서 교내 방송국 활동을 권했고, 초중고 내내 방송부 활동을 했던 나는 새로운 경험에 도전해보고 싶었다. 매일 밤 고민하다 일단 교내 방송국에 합격한 뒤에야 원래 하고 싶었던 홍보대사에 지원했다. 그제야 알았다. 나도 모르는 사이, 부모님의 기대치를 충족시켜야 한다는 압박감이 나를 조금씩 잡아먹고 있었다는 것을.

부모님이 대학 첫 등록금을 내주시는 걸 마지막으로 경

제적 독립에는 진작 성공했지만, 아직 정서적인 독립은 완벽하게 하지 못했다. 결국 퇴사하겠다는 다짐을 당당하게 말하는 건 단순히 직장을 그만두는 것 이상으로 부모의 울타리 안에서 완전히 독립한다는 의미였다.

안정적인 삶은 물론 중요하다. 하지만 이제 고작 서른하나. 서른이지만 어른은 아닌 나이. 꼬박꼬박 들어오는 월급으로 어른들이 말하는 '안정'을 논하기에는 아직 너무 어리지 않을까? 때로는 조금 불안정하더라도 거기서 오는 긴장감을 즐기는 것도 젊을 때나 할 수 있지 않을까?

언성을 높였다가 침착하게 설명도 하면서 마침내 가족 모두를 설득하는 데 성공했다. 설령 가족의 동의와 지지를 얻지 못하더라도 원래 계획대로 밀고 나갔을 테지만. 이왕이면 모두의 지지와 응원을 받고 싶었기에 시간이 걸렸다. 선택하고 책임지는 건 내 몫이니, 지금 이 순간의 결정을 두고 먼 미래에 다 같이 어떻게 이야기하게 될지 궁금하다. 설령 내 바람대로 흘러가지 않는다 해도 이제는 돌이킬 수 없다.

훗날 온 가족이 밥상 앞에 모이는 어떤 날, 분명히 이 이야기가 나올 것이다. 그때 누구에게든 '내가 바짓가랑이를 붙잡고 말렸어야 했다'는 볼멘소리가 나오지 않도록 열심히 살아야겠다.

"여행 한번 가면 좋겠는데……"

"엄마랑 함께 다녀오세요. 요즘 패키지 여행도 너무 좋대. 이 딸이 풀코스로 끊어줄게."

"딸들이랑 가야지, 우리끼리 가는 게 무슨 재미가 있냐."

정말 오랜만에 가족과 함께 떠났던 여행길, 많은 것이 달라졌다. 어린 시절에는 체크인하는 엄마의 손을 잡고 뒤에 서 있었는데, 지금은 내가 숙소와 일정을 정리하고, 서명을 한다. 신나게 노는 것만이 나에게 주어진 임무였는데 어른이 된 나는 그것 말고도 해야 할 게 많았다. 부모님이 나의 보호자였는데, 이제는 내가 그들의 보호자가 되었다.

남자도 갱년기가 있다던데, 요즘 따라 드라마를 보며 몰래 눈물을 훔치는 우리 아빠. 자꾸 했던 말을 하고 또 하는 할머니를 보며, 훗날 자기의 모습을 보는 것 같아 눈물이 난다는 우리 엄마. 하루가 다르게 늘어가는 두 분의 주름을 보며 오늘도 다짐한다. 계실 때 잘하자!

저도 퇴사는 처음이라

한 공간에서 매일 얼굴을 마주하며,
시시콜콜한 이야기에도
웃음이 끊이지 않던 그 시간은
무척 그리울 것 같다.

7년의 직장 생활이 이 종이 한 장으로 다 끝나는 건가. 나도 퇴사는 처음이라 어디서부터 어떻게 해야 하는지 감을 잡을 수 없었다. 사표 내는 법, 퇴사 절차, 사직서 양식, 퇴직금 계산기……. 이것저것 검색해보니 생각했던 것보다 꽤 자세히 나와 있었고, 무료로 사직서 양식을 내려받을 수도 있었다. 사직서를 제출할 때는 분명 암묵적인 규칙이 있었다. 검색해본 바로는, 15일에서 30일 정도 전에 회사를 그만두겠다는 퇴사 통보를 해야 하는데 후임에게 본인이 하던 일을 인수인계하는 시간이 충분히 필요하기 때문이란다.

검색한 내용대로 사직서를 쓰면서도 수십 번을 지웠다 고쳤다. 문서를 다 완성하고도 선뜻 제출하지 못했다. 회사와 마지막 근무 날짜까지 정한 후에야 사직서는 내 손을 떠났다. 그때부터 퇴사 시계는 더 빠르게 흘러갔다. 처리해야 할 서류 절차가 많았고, 반납해야 할 회사 물건들이 많았다. 회사 법인카드는 물론이고 지급받았던 컴퓨터나 핸드폰도 빠뜨릴 수 없었다. 인사해야 할 회사 사람들도 한두 명이 아니라 몸이 열 개라도 모자랐다. 긴 여정을 마무리하는 지금, 마음은 돌볼 겨를도 없이 몸만 정신없이 흘러갔다. 어쩌면 긴 여정을 마무리하며 스스로 허전함을 느끼지 않도록 일부러 더 바쁘게 움직였는지도 모르겠다.

"그래. 더 큰물에서 놀아야지. 잘할 거다."

"당장이야 젊어서 일이 많겠지만, 나중에는 어떡하려고."

"우리는 너무 아쉽지만, 너에게는 좋은 결정이야."

"나간 선배들을 봐. 여기서 잘 나가던 사람들도 지상파 나오기 쉽지 않잖아."

선배들의 반응은 천차만별이다. 감사하게도 새로운 도전에 많은 박수를 받았고, 아쉬워하는 마음도 듬뿍 받아 좋은 사람들과 일했다는 생각에 벅차올랐다.

마지막 출근 날, 양손 가득 꽃다발과 짐을 들고 정문 앞을 서성였다. 8년 전, 이 앞에서 빌딩 꼭대기에 쓰여 있는 'SBS'를 보며 얼마나 합격을 바랐는지. 최종 면접을 마치고 사내 카페에서 바나나주스를 마시면서 '꼭 합격해서 다시 와야지' 다짐하던 순간도 스쳐 지나갔다. 말로 설명할 수 없는 이 오묘한 감정.

"프리랜서가 되면 배는 따땃하지만 등은 시릴 거야."

먼저 경험해본 사람들이 말한다. 바깥세상은 호락호락하지 않다며 붙잡는 사람도 있을 거고, 앞으로 어떻게 살지 시시콜콜 물어오는 사람도 있을 거라고. 나의 퇴사 일정도, 회사 사람들의 반응도 생각했던 대로 흘러가지는 않겠지. 다만 한 공간에서 매일 얼굴을 마주하며, 시시콜콜한 이야기에도 웃음이 끊이지 않던 그 시간은 무척 그리울 것 같다. 이제 조금씩 실감이 난다.

한 곳에 안주하지 않고

나를 자극하는 영감을 찾고

좋아하는 게 무엇인지 끊임없이 물어보고

새로운 분야를 개척해보려는 도전 정신.

망설이지 마요.

시간이 없으니까.

무계획의 미

지금 당장 앞날을 계획하지 않아도
조금도 두렵지 않다.
인생을 즐길 줄 아는 나를 믿는다!

"앞으로 뭐할 거야?"

"계획 없는데요?"

"뭐? 빨리 회사도 계약하고, 프로그램도 찾아야지. 나가면 정글이야!"

회사를 관두고 가장 많이 받는 질문이다. 명확한 계획이 있다거나 당장 할 일이 있다면 자신 있게 말할 테지만 딱히 없다. 다들 거짓말이라고. 장예원이 그럴 리가 없다고 말한다. 하지만 사실이다. 꼭 계획이 있어야 하나. 30년 동안 계획한 대로만 살아온 나다. 자유를 얻은 도비가 된 지금, 이제는 빡빡하게 살고 싶지 않다.

직장인이지만 동시에 사람들의 애정이 있어야 일하는 직업이다 보니 나에게 쉼은 불안이었다. 놀 시간이 많다는 건 곧 나를 찾는 프로그램이 없다는 의미기도 하다. 그러다 보니 쉴 새 없이 달리는 게 행복했다. 그런데 아무래도 쉼에도 훈련이 필요한 모양이다. 몸을 바쁘게 움직이는 데 익숙해져서 뭐하고 놀아야 할지 막막하다. 쉬는 날에 뭘 해야 할지 몰라서 집에 있는 날이 대부분이다. 일하는 것처럼 휴식도 철저한 계획에 따라 놀아야 할 지경이다. 하지만 마음을 단단히 먹고 다시 한 번 결심했다. 아무것도 계획하지 않겠다고. 침대에 널브러져 매일을 보내다 노는 게 지겨워질 즈음 일을 시작할 생각이다.

아무 계획 없이 사는 게 무책임하고 시간을 낭비하는 것처럼 보일 수도 있다. 아마 우리 엄마는 등짝 스매싱을 날리며 앞으로 뭐 먹고 살 거냐고 재촉할 게 뻔하다. 이럴 때일수록 계획성 있게 사는 게 중요하다고 귀에 딱지가 앉게 들었다. 계획한다고 다 장밋빛 미래가 펼쳐지는 건 아니다. 거창한 무언가를 그려내지 않아도 순간마다 최선을 다하는 나의 성격상 가는 길마다 그 길을 찬란한 꽃길로 만들 거다. 이런 각오도 없이 무턱대고 새로운 세상에 뛰어들지는 않았다.

아, 유일하게 결심한 한 가지는 있다. 쉴 때만큼은 제대로 쉴 거라는 거! 동네방네 소문날 정도로 맛깔나게 쉬어볼 거다. 나의 이십 대를 오롯이 바친 직장 생활에서, 힘차게 달리기 위해서는 숨 고르기가 얼마나 중요한지 배웠다. 꼭 한 번씩 쉬어가야 다시 집중할 에너지가 생긴다.

다가올 나의 인생은 분명 다를 거다. 더 달리고 싶지만 뜻하지 않게 긴 휴식기가 찾아올지도 모른다. 반대로 너무 바빠서 쉬고 싶지만 그러지 못할 수도 있다. 당연히 후자였으면 좋겠다. 하지만 어떠한 상황에서든 내 앞에 펼쳐진 긴 레이스에서 지치지 않도록 나만의 속도를 지키며 꾸준히 달려 나가고 싶다. 지금 당장 앞날을 계획하지 않아도 조금도 두렵지 않다. 인생을 즐길 줄 아는 나를 믿는다!

너는 계획이 다 있구나.

영화 〈기생충〉을 보면
계획이 얼마나 중요한지
뼈저리게 느낄 수 있지만

불 꺼진 영화관에서
엔딩 크레딧이 올라갈 때
결심했다.

멋대로 살기로.

하고 싶은 거 하기로.

무엇보다

무계획이 계획인 것처럼 살기로!

때로는

계획 없이 살아도

괜찮아.

유튜브의 시작

전혀 생각지도 못했던 길에서
해답을 찾을 수도 있으니,
하고 싶은 게 있다면
망설일 필요가 없다.

직장인이라면 폭풍 공감하는 주기가 있다. 바로 퇴사 주기. 3년, 6년, 9년마다 회사를 그만두고 싶은 마음이 스멀스멀 올라온다. 그것도 아주 꼬박꼬박, 정기적으로. 각자 마음속에 품은 사표 한 장을 꺼낼까 말까 고민하게 되는 시기다. 이 고비만 잘 넘기면 다시 3년은 조용히 지나갈 수 있는데 꼭 한 번씩 소란스러운 순간이 찾아온다.

내 동기가 딱 그 터널을 지나고 있었다. 나도 여러 번 겪어왔던지라 눈동자만 봐도 알 수 있었다. 일은 많이 하고 있지만, 허공에 날아가는 느낌이란다. 열정은 넘쳤으나 기대만큼의 결과가 따라오지 않으니 지친단다. 시간은 왜 이렇게 빨리 흘러가는지, 올해는 너무 게을렀다며 한숨을 쉰다.

"유튜브 한번 해봐!"

대답이 없다. 곰곰이 생각하는 표정이다. 다양한 플랫폼이 생겨나면서 아나운서도 새로운 변화에 따라가야 한다고들 이야기한다. 맞는 말이다. 신입 아나운서뿐 아니라 연차가 높은 선배들에게도 큰 고민거리다. 유행을 따르는 유튜브 시장에 대한 갈증이 있지만, 선뜻 뛰어들기란 쉽지 않다. 대중이 어떻게 받아들일지 고민을 하게 되고, 또 아나운서가 보여주는 이미지의 한계를 생각하니 자꾸 머뭇거리게 된다.

"그렇게 신세 한탄만 할 거야? 직접 다 만들어보면 재밌지 않을까?"

일부러 밀어붙였다. 나도 할 거니까 같이 해보자고 부추겼다. 앉아서 생각만 하는 건 시간을 버리는 일이다. 시작이 반이라는 말이 괜히 있는 게 아니다. 먼저 채널부터 만들어놓고 고민은 미루기로 했다. 지금까지 프로그램 진행만 하다가 피디, 작가, 조연출, 카메라 감독의 역할까지 혼자 다 하려니 너무 어려웠다. 찍는 것도 일인데 돌아와서 편집도 해야 하고 자막도 써야 했다. 그동안 얼마나 쉽게 일하고 있었는지 그제야 알았다. 한 시상식에서 황정민 배우가 한 말처럼, 나 역시 다 차려진 방송에 숟가락만 얹고 있었다.

그런데 하루가 다르게 조금씩 오르는 구독자 수를 보면서, 이 채널을 잘 키우고 싶은 욕심이 생긴다. 힘들지만 나의 것을 꽉꽉 채워가는 기분이라 재미도 있다. 사람들이 좋아하는 콘텐츠는 무엇이 있을지 눈만 뜨면 유튜브 생각

뿐이다. 무엇보다 어떤 영상으로 쓰일지 모르니 가는 곳곳마다 카메라를 들고 다녔다. 텔레비전 방송에 나오는 모습이 결코 전부가 아니다. 일상생활을 공개한다거나 친한 친구들 사이의 내 모습을 보여주면서 진짜 장예원을 끄집어낼 수 있었다. 무엇보다 단조로운 생활에 활력이 생겼다.

누군가 내게 지금 어떤 마음인지 물어본다면, 주저하지 않고 대답할 거다.

"걱정보다는 설레. 어떤 세상이 펼쳐질지. 궁금하잖아!"

새로운 플랫폼이 자꾸 생겨나는 건 방송하는 사람들에게는 긍정적인 신호이다. 유튜브 채널을 직접 운영해보니, 방송 시장의 폭이 훨씬 넓어졌고 앞으로 더 달라질 거라는 걸 알게 되었다. 한 곳에 매여 있기보다 더 많은 곳에서 재능을 펼칠 수 있다는 건 상상만 해도 즐거운 일이다.

지금 당신이 하는 일이 찬란한 미래를 보장하지 못할 수도 있다. 앞으로 지금까지 해왔던 일을 계속할 수도 있지만, 아주 다른 일을 할 수도 있는 거다. 전혀 생각지도 못했던 낯선 길에서 해답을 찾을 수도 있으니, 하고 싶은 게 있다면 망설일 필요가 없다.

한참 어린 줄만 알았는데 자기보다 누나 같다는 동기의 말에 어깨를 으쓱였다. 홀가분하다. 내가 앉았던 자리에 재가 남을 정도로 나의 이십 대를 불태웠다. 나를 멋지게 성장시켜 준 첫 직장에 감사한 마음뿐이다. 두고두고 그리울 거다. 훗날 다시 돌아올 그날을 꿈꾸며, 걱정은 잠시 접어두고 훨훨 날아봐야지.

"안녕히 계세요 여러분!

전 이 세상의 모든 굴레와 속박을 벗어던지고 제 행복을 찾아 떠납니다! 여러분도 행복하세요오오오오오~"

"그래서 너의 특기는 뭐야?"

프리랜서 선배가 묻는다. 다시 입사 면접을 보는 기분이다.

딱히 대답이 떠오르지 않는다.

"그럼 그 자리는 누구든 채울 수 있다는 거야"

맞는 말이다. 다른 사람은 대신할 수 없는 내가 되는 것.

당장 떠오르는 게 없다 해서 멈출 수는 없다.

일단 부딪혀보면서 찾으면 되지.

이제껏 잘 닦인 길로만 걸어왔으니

남은 인생

발길 닿는 대로,

내가 길을 만들어 가야지.

될 대로 되라지!

결혼보다 예원

‘누군가와 함께’가 아닌 ‘장예원’만을 위한
인생에 오롯이 집중하고 싶다.

예인이가 결혼했다. 그것도 나보다 먼저.

동생이 오래 만난 남자친구와 결혼하고 싶다고 처음 말하던 날, 우리 가족 중 유일하게 나만 눈물을 쏟았다. 세상에서 가장 친한 친구가 떠나버린 허전함. 이제 누구와 여행을 떠나고, 맛집을 찾아다니고, 새벽까지 한 침대에서 뒹굴며 고민을 나눌까. 무엇보다도 메뉴만 말하면 뚝딱 근사한 야식을 만들어내는 술친구를 빼앗긴 게 제일 아쉽다. 몇 년 더 일하다가 결혼했으면 하는 마음도 컸다. 예전과 많이 달라졌다고는 하지만 결혼하고 아이를 가졌을 때 생기는 경력 단절이 벌써부터 걱정이다. 아직 다 보여주지 못한 재능을 다양한 방송에서 뽐내기를 바랐다.

마음이 복잡한 나와 달리 부모님은 곧바로 허락하셨다. 요즘은 시대가 달라졌으니 '젊은 새댁'으로 또 다른 분야를 개척하자며, 데려가 주는 사람이 있을 때 얼른 보내자는 우스갯소리까지 하셨다. 물론 속으로는 나보다 더 펑펑 우셨겠지만 말이다.

결혼을 앞둔 동생의 변화는 놀라웠다. 원래 예인이 방은 먹다 남은 음료수나 뜯어놓은 택배 상자로 가득했다. 엄마가 치우려고 할 때마다 한꺼번에 치우겠다며 한사코 말렸다. 앞으로 동생이랑 같이 살 사람은 단단히 각오해야겠다고 생각했는데 의외로 신혼집은 잘 치운다. 하루에도 몇 번씩 쓸고 닦으니 천만다행이다. 결혼을 준비하며 훨씬 부지런해지고 제법 어른이 된 것 같다.

사실 둘이 알콩달콩 서로를 위해주는 모습을 보면 많이 부럽기도 하다. 밥 먹을 때 밥숟가락 위에 반찬을 얹어주고, 쓰레기를 버릴 때에도 함께 나가고, 예인이 말이 틀렸을 때도 무조건 옳다고 해주는 제부. 아무래도 결혼 생활의 지혜를 벌써 터득했나 보다. 동생도 한결 편안해 보이는 표정이라 언니로서 마음이 놓인다. 처음에는 동생을 빼앗은 미운 사람이었는데 지금은 우리 부모님에게는 큰아들, 나에게는 친오빠 역할까지 톡톡히 해줘서 든든하다. 언니가 기약이 없으니 오히려 동생이라도 먼저 가는 게 얼마나 다행인지. 제부에게 평생 고마워해야겠다.

동생 결혼 준비에 덩달아 나까지 바빠졌다. 결혼식장이며 웨딩드레스며 고르고 선택해야 할 것들이 한둘이 아니었다. 여태껏 부모님과 함께 살아서 집 보러 다닐 일이 없었는데 신혼집을 구한다고 부동산 문지방이 닳도록 들락거렸다.

결혼을 준비하는 모든 과정이 새로웠다. 동생을 따라다니면서 재밌기도 했지만, 한편으로는 언젠가 나에게도 닥칠 일이라고 생각하니 엄두가 나지 않았다. 가장 가까운 사람이 결혼하면 더 하고 싶어지기도 한다던데 오히려 나는 반대였다.

기분 좋은 책임감이 주어지는 것. 챙겨야 할 가족이 늘어나는 것. 옆에서 느낀 결혼에 대한 감상이다. 웬만한 결심으로는 어려운 일. 내 앞가림하기도 벅찬데 어떻게 한 가정을 꾸려나갈 수 있을지 엄두가 나질 않는다.

동생이 먼저 결혼했을 때 언니가 듣게 된다는 말들도 화살처럼 날아왔다. 뻔히 예상되는 시나리오. '너는 언제 갈 거냐?', '동생이 먼저 가도 괜찮은 거니?', '결혼 계획은 있는 거냐?' 걱정인 듯 걱정 아닌 수많은 질문에 뭐라고 대답할지 한참을 고민했다. 어떤 경우에도 우아함을 잃지 않기 위해 친구들이랑 연습까지 했다.

"일과 사랑에 빠져서요."

"너무 좋다는 사람이 많아서 누구랑 해야 할지 아직 못 정했어요."

"요즘 다들 결혼 늦게 하잖아요."

정작 나는 아무렇지 않은데, 사람들의 걱정어린 말에 어떻게 반응해야 할지 모르겠다. 확실한 건, 어떤 대답도 다 애매하고 어쩐지 그런 내 모습도 처량해 보인다는 점.

알게 모르게 예원이도 좋은 사람 데려왔으면 좋겠다는 부모님의 혼잣말이 더 자주 들린다. 한 명이라도 먼저 보내면 시간을 벌 수 있을 줄 알았는데 꼭 그렇지만도 않았다. 인생의 2막. 누군가에게는 행복한 가정을 꾸리는 일일지도 모르지만, 동생의 결혼을 보며 내 마음은 더 확실해졌다.

나는 아직 하고 싶은 게 너무 많다! 더욱이 새로운 시작을 앞둔 지금, 결혼은 점점 더 요원해진다. 친구들은 할 거 다하고 그제야 결혼하려고 주위를 둘러보면 혼자일 거라고 놀리지만, 그런들 뭐 어때. 그럼 〈나 혼자 산다〉에 나가면 되지. 결혼 후에는 다시 돌아오지 않을 혼자만의 시간을 지금은 마음껏 만끽하고 싶다. '누군가와 함께'가 아닌 '장예원'만을 위한 인생에 오롯이 집중하고 싶다.

어딘가에 있을 미래의 남편에게.

건강한 몸과 마음으로 언젠가! 꼭 만나요.

"고생 많았다."

"잘 될 거야."

"돈 많이 벌어라."

많은 말들 가운데

어떻게 반응해야 할지

가장 멋쩍은 한마디.

"축하한다!"

퇴사하면

더 이상 직장이 없고,

앞으로 뭐 먹고 사나

막막할 텐데

축하한다고?

이미 자유인이 된 선배가 말하길.

"아직 '개미는 오늘도 뚠뚠'인 사람들이 부러워서 하는 인사야."

"그럼 퇴사자들은 뭐라 하는데요?"

"웰컴! 자유인이 된 걸 환영해."

진정한 어른이 된다는 것

우리는 다 처음이니까, 실수해도 괜찮다.

어른이 된다는 건 아마 그런 거겠지.

시행착오를 겪을 때마다 조금씩 성장하는 것.

"자. 이제 너 혼자 건너 봐. 어른이 된다는 걸 두려워해서는 안 돼."

『나의 라임 오렌지나무』에서

하루빨리 어른이 되고 싶었다. 스무 살이 되기만을 기다렸다. 그래, 그 나이가 되면 아무도 간섭하지 않는 자유를 만끽할 수 있겠지. 친구랑 놀다가 늦어져도 허락받지 않아도 되고, 사고 싶은 게 생겼을 때 부모님에게 이 물건을 사야 하는 이유를 조목조목 설명할 필요도 없을 것이다. 내가 원하는 대로, 더 자유롭게 날아다닐 수 있을 것이다.

그렇게 바라던 나이보다 10년이나 더 지난 지금, 이제는 생각이 달라졌다. 매일 아침 책가방을 메고 집을 나서던 그 시절로 돌아가고 싶다. 오백 원 받아들고 아이스크림 사러 달려가던 그때가 그립다. 아무 생각 없이 마냥 순수했던 시절의 소중함을 왜 그때는 몰랐을까.

어른이 되면, 인생에서 스스로 선택할 수 있는 것들이 더 많아지는 줄 알았다. 물론 그 폭은 넓어졌지만 선택했다고 다 가질 수 있는 건 아니었다. 오히려 아직 어른이 아니라는 핑계로 생떼를 부려서 얻어낼 수 있는 게 더 많았다. 나의 결정에 아무도 훈수를 두지 않는 나이가 되고서야 알았다. 누군가 책임을 대신해주는 것이 얼마나 감사하고, 속 편한 일인지.

어른이 되면, 인생의 모든 문제에 대한 해답이 척척 나오리라 기대했다. 남들보다 한 세대를 먼저 살았다고 해서 이 세상살이에 익숙해지지 않는다. 똑같이 실수하고, 다시 일어나고, 앞으로 이 과정을 수백 번 더 반복할지도 모른다. 우리는 다 처음이니까, 실수해도 괜찮다. 어른이 된다는 건 아마 그런 거겠지. 시행착오를 겪을 때마나 조금씩 성장하는 것.

나이가 들어 흰머리가 나고 주름이 생긴다 해서, 더는 부모에게 용돈을 받지 않고 스스로 밥벌이를 한다 해서, 꼬박꼬박 지키던 통금 시간을 어겨도 눈치 볼 사람이 없다 해서 우리 모두가 다 '어른'이 되는 건 아니다.

어른이 된다는 건 어느 순간 누구나 얻게 되는 타이틀이 아니다. 내가 꿈꾸는 진정한 어른이란 나의 삶에 완벽한 책임을 지는 것과 더불어, 자라나는 새싹들에 본보기가 되는 걸 의미한다. 아이들에게 커서 뭐가 될 건지 묻는 게 아니라 아이들이 닮고 싶은 사람이 될 수 있도록 잘 살아야 한다. '나만 한다고 달라지겠어?' 하는 마음이 아니라 '나부터 해야 한다'고 실천하는 자세도 필요하다.

나는 어른이 될 수 있을까. 아주 오랜 시간이 걸리더라도 '그저 그런' 어른이 아닌 '현명한' 어른이 되고 싶다. 나는 아직 어른이 되려면 멀었다.

'어른'의 사전적 의미 :

다 자란 사람.

또는 다 자라서 자기 일에 책임을 질 수 있는 사람.

어른이 된다는 건.

나의 감정에 충실하기보다

상대방의 표정을 살피는 것.

한 번 더 생각하고 말하는 것.

조금 불편하더라도 내색하지 않는 것.

그럼

내 마음은

언제 돌보지?

어른이 된다는 게

꼭 좋은 것만은 아니구나.

나의 은사님

너무 최선을 다하는 것도,
또 너무 타협하는 것도
다 좋은 것은 아니다.

군인이신 아버지를 따라 1년마다 이사를 다녔다. 수원, 원주, 군산, 대전, 진주…… 오히려 안 가본 곳을 꼽는 게 빠를 거다. 지역마다 친구들이 있다는 건 장점이지만, 좀 친해질 만하면 학교를 옮겨서 연락을 이어가는 게 쉽지만은 않았다.

혹시나 하는 마음에 그때 쓰던 메일 주소를 지금까지도 갖고 있는데, 나의 바람이 전해진 걸까. 반가운 메일 한 통을 받았다. 바로 중학교 2학년 때 만난 김종애 선생님. 몸과 마음이 성장하는 시기에 잘 통하는 선생님을 만난다는 건 가장 큰 복이다. 그 복은 타고났다고 생각할 만큼 멋진 분들의 가르침을 받았는데 그중에서도 유독 기억에 남는 분이다.

밸런타인데이에 학생들이 좋아하는 선생님에게 초콜릿을 드리곤 했는데 손사래를 치며 거부하던 선생님. 이왕 준비한 거 못 이기는 척 받으면 그만인데, 무슨 마음이신지 안 받겠다고 도망 다니기까지 하셨다.

또 있다. 스승의 날이면 선생님이 다 알면서도 모르는 척하는 깜짝 파티가 열린다. 반 친구들끼리 풍선도 불고,

케이크도 사고, 뭘 하면 좋을까 오래전부터 공들이는 연례 행사 중 하나다. 그날을 위해 만반의 준비를 마치고, 8시 반쯤이면 출석 부르러 오시는 시간에 맞춰 폭죽을 터뜨릴 계획이었다. 그런데 유별난 우리 선생님, 예상했던 대로다. 늘 오던 그 시간에 기어코 안 나타나신다. 교무실로 부랴부랴 찾으러 가면 곧 1교시 시작이라며 빨리 가서 앉으라는 말만 되풀이하신다. 그때는 준비한 게 무안하기도 하고, 도대체 왜 그러실까 전혀 이해가 되지 않았다. 사실 이 에피소드를 쓰면서도, 그날로부터 15년이나 더 살았지만 여전히 이유를 모르겠디. 다만 무뚝뚝한 선생님의 성격상, 고마운 마음을 표현하기가 부끄러우셨던 것은 아닐까 하고 조심스레 추측할 뿐이다. 어쩌면 드라마틱한 반응을 보이기 어려우니 피하신 게 아닐까. 아, 여전히 모르겠다.

중학교를 졸업하고 선생님께 딱 두 통의 메일을 받았다. 아나운서에 합격한 직후, 그리고 그 회사를 떠난다는 기사가 나간 직후. 꾸준히 나의 기사를 지켜보며 신경 쓰고 계셨나 보다. 그게 선생님만의 방식이니까. 나의 연락처를 알고 계시지만 따로 전화를 건 적은 단 한 번도 없으시다.

핸드폰도 없다고 하시고, 집 번호 대신 메일 주소만 알려 주셨기에 내가 먼저 전화를 드릴 방법도 없다. 이렇게 아주 가끔 메일을 주고받는 게 더 좋으시다는 선생님. 아마도 바쁜 제자가 연락에 의무감을 가질까 봐 배려해주신 것 같다. 그래서 보고 싶은 마음을 꾹꾹 눌러 담은 선생님의 메일이 더 오래 마음에 남는다.

메일 제목: 고맙고 자랑스럽고

어느 날 우연하게 너의 소식을 보았지.

자랑스럽다 네가.

누구보다 예쁜 녀석이고 세상을 고민하면서 사는 녀석이라

잘 살아갈 것이라 믿어.

통화할 수 있어도 네가 행여나 부담스러워 할까 봐

또한 왠지 작아지는 나의 모습이라고 할까

글로는 그런 게 보이질 않아서 다행이다.

늘 내가 좋아한다는 것 알지

요즘은 이런 말로 나를 건든다.

한계란 자신의 정한 비겁함이라고.

몸의 한계는 있어도 마음의 한계는 없다고.

너의 가능성은 많아.

보이는 것만 보지 말고 지금의 모습이 아닌

세월이 흘러 흘러간 뒤의 모습도 그리면서 살아.

8년 전에 받은 메일을 다시 꺼내보았다. 혹여 선생님의 가르침을 놓치지는 않았을까. 세월이 흘러 마흔이 되고 쉰이 된 모습을 그려보았다. 그때의 나는 선생님처럼 마음의 한계쯤은 없는 셈 치고 살 수 있을까. 선생님의 응원을 마음 속에 깊이 새겼다.

세상을 살아가는 것이 정해진 박자에 따라 움직인다면 얼마나 수월할까. 그렇지 않아서 다시 떠오를 태양이 기대되는 거겠지. 살면서 다양한 일도 경험하고, 어려움도 있을 거다. 그때마다 넋두리를 들어줄 마음이 열려있다고 하시면서도 해결은 나의 몫이란다. 역시 나의 선생님은 다르다.

외로울 때나 행복할 때나 언제나 기댈 수 있는 선생님이 계셔서 든든하다. 너무 최선을 다하는 것도, 또 너무 타협하는 것도 다 좋은 것은 아니다. 즐기면서 할 수 있다면 그걸로 충분히 좋은 일이라는 선생님의 말씀을 오래오래 기억하고 싶다.

진부한 말이지만, 오늘도 힘내서 잘 살아봐야겠다.

힘들죠?

아닌 척하지만, 내 눈엔 보여요.

얼마나 지쳤겠어.

그동안 고생 많았어요.

누가 뭐래도

지금 이 순간부터,

당신만 생각해요.

아무도 당신의 인생을 대신 살아주지 않아요.

다 말만 번지르르.

위해주는 척하지만,

아무도 당신의 인생을 책임져주지 않아요.

흘러가는 시간 속에

당신을 외로이 내버려두지 마요.

괜히 씩씩한 척하지 말고,

울고 싶으면

울어도 돼요.

안 그럼

다 괜찮은 줄 알잖아.

예원의
소소한 기록

"젊어서 고생은 사서도 한대."
"야, 무슨 고생을 사서까지 하냐."
우연히 엘리베이터에서 이십 대 친구들의 대화를 들었다.
결국 회사 선배들이랑 똑같이 나이 들면,
우리는 평생 젊은 거 아니냐고.
그럼 그때도 우리만 고생할 텐데,
내가 하고 싶은 건 언제 하냐고.
묘하게 맞는 말 같아 구석에서 몰래 큭큭 거렸다.

새로운 세상에 가보고 싶다면
지금 가진 것들을 기꺼이 내려놓아야지.
안정적인 회사에 다니고, 다니지 않고는 중요한 문제가 아니야.
'너를 행복하게 하는 것이 무엇인지'
'지금 너는 행복한지'
'앞으로 무엇을 하며 행복할 건지'
무언가를 얻고자 할 때,
지금 손에 쥐고 있는 사원증이 거치적거린다면 놓으면 될 뿐.
중요한 건, 진짜 하고 싶은 게 무엇인지,
너를 미치게 하는 게 무엇인지 알아야 해.
그걸 찾는 과정이 인생이야.

에필로그

새로운 세상을 만나、
바라보는 관점이 달라졌다。

직장 생활을 하면서 책 한번 써보지 않겠느냐는 제안을 종종 받았다.

"사람들이 별로 궁금해 하지 않을걸요."

"제가 그만한 깜냥이 안돼서요."

그때마다 요리조리 피해 다니기 바빴다. 자신이 없었다. 아나운서라는 이유만으로 글을 쓰기에는 배워야 할 게 까마득했다. 아무것도 완성되지 않은 상태에서 쓴 한 줄이 누군가에게 영향을 끼칠 수도 있다고 생각하니 아찔하다. 역시 고사하길 잘했다.

그로부터 몇 년이 지나고, 그 사이 무슨 바람이 불었는지 반대로 출판사에 문을 두드렸다. 앞선 에피소드에서도 느꼈겠지만, 도전해보기로 마음먹으면 밀어붙이는 타입이다. 일단, 평소 관심 있게 지켜보던 출판사에 메일을 보냈다.

"제가 에세이를 내고 싶은데, 혹시 함께 작업할 의향이 있으신지요?"

삼십 대에 접어들면서 혼란스러웠다. 일로도 익숙해지면서, 삶과 균형을 맞추기 딱 좋은 때라고들 이야기하던데 하나도 귀에 들어오지 않았다. 아무래도 이 심란한 마음을 다잡기 위해 지난 시간을 정리할 필요가 있다고 느꼈고, 그렇게 지금 읽고 계신 이 책이 나왔다.

그간 직장 생활을 하며 느꼈던 고민이나 직접 부딪히면서 깨달았던 것들을 나누고 싶었다. 나도 당신과 같은 고민을 하고 있다고. 살아남기 위해 하루하루 치열하게 살고 있다고. 사회에 첫발을 내딛는 친구들이 굳이 내가 겪었던 시행착오를 겪지 않고, 조금은 더 수월하게 꿈을 펼치길 바라는 마음이랄까. 거창한 조언이 아니라, 친한 언니에게 상담한다든가 혹은 또래 친구에게 이런저런 고민을 털어놓는다고 생각해주면 더없이 고맙겠다.

언젠가 꼭 한번 나의 이름이 적힌 책을 내고 싶었는데, 가보지 않은 길을 간다는 건 예상했던 것보다 더 험난했다. 말로만 듣던 마감의 압박에 시달리는 게 작가만이 누릴 수 있는 특권 같으면서도 약속한 마감일이 되면 초조해진다. 왜 진작 써두지 않았던 건지. 한두 줄이라도 끼적여뒀으면 좋았을 텐데 같은 후회를 여러 번 반복했다.

글을 쓰면서 많은 것이 달라졌다. 먼저, 부쩍 서점가는 날이 잦아졌다. 어떤 책이 베스트셀러에 올랐는지, 사람들이 좋아하는 책은 어떤 유형인지, 직접 눈으로 확인해야 빠르게 달라지는 흐름을 따라갈 수 있다. 일종의 시장 조사랄까. 나도 모르게 눈과 손이 베스트셀러 칸으로 향한다. 책 한 권을 집어 들고 맨 뒷장을 펼친다. 책이란 자고로 목차부터 차례로 읽는 거라고 배웠거늘, 독자에서 저자가 되니 관심사도 달라진다. 맨 마지막 장에 적혀 있는 초판 1판 1쇄는 처음 책이 출간될 때 기본으로 찍히는 것. 그다음 줄에 몇 쇄가 더 찍혔다는 건 그만큼 많은 독자의 선택을 받았다는 뜻이다. 이 책 한 권을 내기 위해 작가는 수없이 많은 커피를 마셨을 거다. 손목과 어깨가 아파서 여러 통의 파스를 해치웠겠지. 안 봐도 뻔하다. 예전에는 그냥 빠르게 읽어 내려갔다면 요새는 한 줄씩 꾹꾹 눌러 담는다.

그 어떠한 작품에 대해서도 더는 이렇다 저렇다 이야기하기 어려워졌다. 극히 대중적인 귀, 아주 아주 아주 평범한 음악 취향을 가지고 있다 보니, 음악 하는 친구들이 타이틀곡을 골라달라고 연락할 때가 있다. 아직 누구에게도 공개되지 않은 음악을 가장 먼저 들을 영광스런 기회. 가장 친한 사이기 때문에 쓴소리를 할 수 있다는 마음으로 도입부가 어떻고, 여기는 좀 늘어지고, 여기만 살짝 바꾸면 더 좋을 것 같다며 신나서 의견을 쏟아내곤 했다. 더 멋진 결과물을 위해 당연한 역할을 한다고 생각했는데, 지금 생각하니 부끄럽다. 진짜 고칠 점을 알려달라고 물어본 게 아니다. 그저 무한한 응원의 말이 필요했을 텐데 역시 난 지나치게 솔직해서 손해 보는 타입이다. 대중에게 내놓기까지 얼마나 많은 밤을 지새웠을지 알아차리지 못했다. 내가 책을 내기 전까지는.

출판사에 직접 연락을 하고, 목차를 정리하고, 파주 출판단지에 가서 마케팅 회의를 하는 모든 과정이 처음이다. 도전과 새로움의 연속. 지칠 법도 한데 언제나 새로운 인연을 만나는 일은 설렌다. 책을 매개로, 각자 가지고 있는 재능을 쏟아내고 넘치는 에너지를 주고받는 시간이 행복하다. 이렇게 좋을 줄 알았으면 진작 할걸 그랬다. 원래 마음을 쓰던 사람들뿐 아니라 앞으로 챙겨야 할 내 편이 많아졌다는 건 참 기분 좋은 일이다.

오랜 시간 맡았던 방송들을 클로징 멘트로 마무리했지만, 오히려 그 이후에 진짜 나의 이야기를 할 수 있게 되었다.

시작, 도전, 그리고 첫 책.
넘치는 애정을 담았다.
나의 시작이, 부디 수많은 독자의 마음에 닿기를 바란다.
부록으로 이 설렘까지도.

KI신서 9428
클로징 멘트를 했다고 끝은 아니니까

1판 1쇄 인쇄 2020년 11월 04일
1판 1쇄 발행 2020년 11월 18일

지은이 장예원
펴낸이 김영곤
펴낸곳 ㈜북이십일 21세기북스

출판사업본부장 정지은
뉴미디어사업팀장 조유진 **뉴미디어사업팀** 나다영 이지연
디자인 this-cover.com
출판사업본부 영업팀 김수현 최명열
영업본부장 한충희 **영업팀** 김한성 오서영
마케팅팀 배상현 김윤희 이현진 김신우
제작팀 이영민 권경민

출판등록 2000년 5월 6일 제406-2003-061호
주소 (10881)경기도 파주시 회동길 201(문발동)
대표전화 031-955-2100 **팩스** 031-955-2151 **이메일** book21@book21.co.kr

(주)북이십일 경계를 허무는 콘텐츠 리더

21세기북스 채널에서 도서 정보와 다양한 영상자료, 이벤트를 만나세요!

페이스북 facebook.com/jiinpill21 포스트 post.naver.com/21c_editors
인스타그램 instagram.com/jiinpill21 홈페이지 www.book21.com
유튜브 youtube.com/book21pub

서울대 가지 않아도 들을 수 있는 명강의! <서가명강>
유튜브, 네이버 오디오클립, 팟빵, 팟캐스트, AI 스피커에서 '서가명강'을 검색해보세요!

ISBN 978-89-509-9270-5 03810